La Ville à voile / La Vita Breve

La collection Espace Nord rassemble des titres du patrimoine littéraire belge francophone. Elle offre un catalogue d'auteurs remarquables et veille à la réédition d'œuvres devenues indisponibles. Propriété de la Fédération Wallonie-Bruxelles, la collection est gérée par Les Impressions Nouvelles qui ont réalisé le présent volume.

www.espacenord.com

FÉDÉRATION
WALLONIE-BRUXELLES

Illustration de couverture : © Louis-Eugène Boudin, *Anvers, Vue du port depuis la Tête de Flandres*, 1871.

ISBN : 978-2-87568-571-1
Dépôt légal : D/2022/12.583/12

Paul Willems

La Ville à voile / La Vita Breve

THÉÂTRE

Postface de Caroline De Mulder

ESPACE NORD

LA VILLE À VOILE

Pièce en quatre actes

La Ville à voile a été créée le 9 avril 1968 par le Théâtre National de Belgique (animateur Jacques HUISMAN) avec, par ordre d'entrée en scène :

Jacques LIPPE	M. Roi
Claude GRANDCLAUDE	Mme Roi, surnommée Paysage
Nadia GARY	Anne-Marie
Boris STOIKOFF	Agréable
Werner DEGAN	Josty
Étienne SAMSON	Fram
Marthe DUGARD	Feroë
André ERNOTTE	Dile

La mise en scène était de Jo DUA, le décor de Marie-Luce BONFANTI, le décor sonore de Frédéric DEVREESE.

La reprise de *La Ville à voile,* dans une version remaniée pour la scène et publiée ici, a eu lieu au Théâtre Royal du Parc (animateur Jean NERGAL), le 15 octobre 1980, avec, par ordre d'entrée en scène :

Jacques LIPPE	M. Roi
Jacqueline BIR	Mme Roi, surnommée Paysage
Laurence CÉSAR	Anne-Marie
Julien ROY	Agréable
René HAINAUX	Josty
Jean MUSIN	Fram
Marie-Ange DUTHEIL	Feroë
Emmanuel DESSABLET	Dile

La mise en scène était de Henri RONSE, assisté de Marie POUMARAT et Jean-Paul LANDRESSE, le décor de Pierre JACCAUD, les arrangements musicaux de Jacques de LESCAUT.

DISTRIBUTION
par ordre d'entrée en scène.

M. ROI, *cinquante ans. Propriétaire d'un bric-à-brac dans le port d'Anvers.*

MME ROI, *surnommée paysage, même âge que son mari.*

ANNE-MARIE, *vingt ans, fille de M. et Mme Roi.*

AGRÉABLE, *vingt à vingt-cinq ans. Employé à tout faire de M. Roi.*

JOSTY, *cinquante-huit ans. Revient à Anvers après une absence de plus de quarante ans.*

FRAM, *approche de la soixantaine comme Josty. Il ressemble à un prêtre défroqué.*

FEROË, *soixante ans. Bouquetière.*

DILE, *vingt-cinq à trente ans. Amant d'Anne-Marie.*

La scène est à Anvers, près du port, dans le bric-à-brac de M. Roi. Amoncellements de chaussettes norvégiennes, bottes, jumelles de marin, bouquets de vieilles cannes, statuettes, cravates de New Portland et kimonos trop bleus ou trop roses comme les marins en rapportent à leurs sœurs. Aux murs, quarante tableaux identiques, représentant des moulins au coucher du soleil. D'autres objets encore, qui ont passé de main en main, de bateau en bateau, et ont pris la forme même du temps. Bizzfournes, réclinatifs, «généreux» écaillés, ou encore luffelines dorées de Turquie… ces épaves, apportées par des marins étrangers, ont perdu tout sens et destination.

On voit aussi un piano mécanique, un comptoir, un fauteuil, un divan et une grande girouette dorée montée sur son pivot. Elle représente une femme qui tend les bras, longue jupe et longs cheveux au vent.

Dans le fond on devine une vitrine et un placard à deux battants. À gauche, une fenêtre et une porte donnant sur la rue. À droite, deux portes. L'une mène à l'appartement de la famille Roi, l'autre au dépôt.

ACTE 1

SCÈNE I

M. Roi et son épouse Paysage.

M. ROI, *vif, le geste et la parole bondissants.*

Je me blute la mémoire. Paysage ? Rien oublié ?

PAYSAGE

Elle est grande, impressionnable, ruminante et a des velléités d'autorité.

Le mannequin.

M. ROI

Chez Krammelik. On lui recolle la perruque. Agréable ira le chercher tout à l'heure.

PAYSAGE

À moi ! Monsieur Roi, j'espère que.

M. ROI

Le piano est prêt. Verdâtre… repêché dans l'Escaut.

PAYSAGE

Comment est-ce que ?

M. ROI

Comment est-ce qu'un piano en arrive à tomber dans l'eau ?

PAYSAGE

À moi ! Il suffit que.

M. ROI

Basculer. Il a macéré pendant deux ans. La tête du dragueur en le retirant ! Personne ne voulait d'un piano qui crachait la vase de toutes ses dents. Moi. C'est le genre de piano que Josty aimera. *(Avec ivresse :)* Paysage !

PAYSAGE

Je crois qu'enfin.

M. ROI

Oui. Josty a tout acheté : notre magasin, tout ce qu'il contient et des tas de choses. Six chiffres. Nous sommes riches.

PAYSAGE

Quand on pense.

M. ROI

Oui, nous ! Gravir les classes sociales. Escroumonter les échelons. Nous : gros commerçants, industriels, directeurs…

PAYSAGE

À moi ! Avocats et tout ça.

M. ROI

Si Anne-Marie consentait à épouser Maître Beldeko !

PAYSAGE

À moi. Ça ferait gravir d'un coup.

M.ROI

Et nous, les parents… *(Geste.)* derrière elle.

PAYSAGE

C'est une question de.

M. ROI

Oui. Une question d'éducation. Moi, j'en ai de l'éducation.

PAYSAGE

Grâce à ton grand vocabulaire. Mais moi ?

M. ROI

Toi ? Tu as deux rangs de perles.

SCÈNE II

Les mêmes, plus Anne-Marie.

Anne-Marie entre, venant de la rue. Elle est vive, fraîche, entêtée et puis soudain flottant dans une eau indécise.

M. ROI

Anne-Marie, d'où viens-tu ?

ANNE-MARIE, *elle répond avec désinvolture à côté des questions.*

Le vent se lèvera tout à l'heure. L'eau du dock pressent le vent d'ouest.

M. ROI

Dis, Anne-Marie, d'où viens-tu?

ANNE-MARIE

Les nuages s'effilochent.

PAYSAGE

À moi. Où vas-tu ?

ANNE-MARIE

Ce soir, il y aura tempête.

M. ROI

Qu'as-tu fait entre deux et quatre heures ?

ANNE-MARIE

Chaque année, le 10 novembre, il y a une tempête.

Elle sort par la porte qui mène à l'appartement.

SCÈNE III

Paysage et M. Roi.

PAYSAGE, *fâchée.*

Cette façon de répondre à côté ! Elle te ressemble.

M. ROI

Non, à toi.

PAYSAGE

Moi, je crois que.

M. ROI

Moi pas. Elle est sage.

PAYSAGE

Et pourtant : ses joues.

M. ROI, *ironique.*

Tu vois ça aux joues ?

PAYSAGE

À tout.

M. ROI

Où ? Hein ? Où iraient-ils ? Elle n'a pas d'argent pour aller dans les petits hôtels, et lui n'a rien. Pas un clou, pas une épingle, pas une punaise.

PAYSAGE

À moi. Quand on veut, on fait.

M. ROI, *excédé, change de conversation.*

Josty ! tu t'en souviens, toi, de Josty ? Il est parti depuis si longtemps. Quand il nous a écrit pour la première fois on m'aurait coupé en petits moncelots *(D'un rire bref il salue sa propre plaisanterie.)* que je n'aurais pu me rappeler qui était Josty. On ne le reconnaîtra pas.

PAYSAGE

Naturellement puisque tu ne te souviens plus de lui !

M. ROI, *sans s'émouvoir.*

D'après mes prévisions, il arrivera aujourd'hui ou demain. D'après mes supputations, il doit avoir cinquante-huit ans et d'après mes conclusions...

PAYSAGE

À moi. Il est légèrement.

M. ROI

Ça lui coûtera les yeux de la tête. Parce que moi: vendre! *(Il s'approche du piano et l'examine.)* Il serait prudent d'essayer le piano avant l'arrivée de Josty.

Silence.

PAYSAGE

Anne-Marie m'inquiète. Ça m'inquiète. Je suis sa mère.

M. ROI

Ça m'étonnerait.

PAYSAGE

Et notre ascension sociale, hein? Si elle se colle avec Dile. Il s'appelle Dile par-dessus le marché.

M. ROI

Dile, paradile, daffodil, automadile.

PAYSAGE

Monsieur Roi! Tu as.

M. ROI

Je n'ai rien bu. *(Il tourne la manivelle du piano.)* De la musique à trous.

PAYSAGE

Dile a des tas de filles et des tas de dettes. Le bruit court.

M. ROI

Difficile, malcunable, pénible, de faire comprendre à M. Vansnik, professeur au Conservatoire royal d'Anvers, qu'il devait fabriquer de la musique à trous. « Comme des chaussettes usées », je lui ai dit. De gros trous par où passe le silence.

PAYSAGE

Tu sais quoi ?

M. ROI, *il s'arrête de tourner la manivelle.*

Non.

PAYSAGE

Je crois qu'Anne-Marie a besoin.

Silence.

M. ROI

J'irai voir Maître Beldeko. Je trouverai un prétexte.

Il continue à remonter le piano.

PAYSAGE

Maître Beldeko. Ce serait inespéré. Dire que.

M.ROI

Oui, qui aurait cru. Notre fille, un jour Mme Beldeko. *(Il prend un rouleau de musique pour piano mécanique.)* M. Vansnik m'a fabriqué une dizaine d'airs en ruine.

PAYSAGE, *elle appelle.*

Agréable !

M. ROI, *il lit le titre du rouleau.*

« Le vent d'ouest en novembre »

Il soulève le couvercle du piano, puis suspend son geste.

SCÈNE IV

Les mêmes, plus Agréable.

Entre Agréable, venant du dépôt. C'est un jeune homme dont le visage et les mains ont l'air sculptés dans la bougie. Son regard s'émerveille quand vole une plume ou un courant d'air bleu, ou encore quand il entend chanter un passant. Il arrête alors le geste ébauché, comme pris de peur, et ses yeux s'agrandissent.

AGRÉABLE

Madame, Madame, Madame.

PAYSAGE

Si tu apercevais Dile dans les parages. Ferme la porte.

AGRÉABLE

Bien.

PAYSAGE

Et ferme les fenêtres.

AGRÉABLE

Bien.

PAYSAGE

Et la lucarne du dépôt.

AGRÉABLE

Oui, Madame, Madame, Madame.

Il s'apprête à sortir.

PAYSAGE

Agréable !... et la porte du dépôt, bien sûr.

Agréable sort.

SCÈNE V

Paysage, M. Roi, puis Josty.

PAYSAGE

Comme ça, je crois que.

M. Roi qui a suspendu son geste pendant le dialogue entre Agréable et Paysage, laisse tomber le rouleau dans le piano, aussitôt la musique à trous se déclenche. Ce sont des bribes de mélodie, des accords ébréchés, apportés par le vent du passé. Le piano joue, se tait, balbutie au hasard d'une mémoire qui se cherche.

PAYSAGE, *rêveuse.*

Nous dépêcher… Maître Beldeko… je crois que… ce jour-là j'aurai quatre rangs… « Votre gendre Maître Beldeko »…

Pendant que Paysage parle, entre Josty. Teint rouge, yeux gonflés. Un homme marqué, mais jeune d'allure, comme si un moteur caché animait vigoureusement son corps délabré. Il écoute le piano.

JOSTY, *il sourit.*

La musique à trous… *(Paysage et M. Roi sursautent.)* Monsieur Roi ? *(Il se présente.)*… Josty.

M. ROI

Josty ? M. Josty ? Vous êtes…

PAYSAGE, *coupant la parole à M. Roi.*

À moi. Bon voyage ?

JOSTY

J'arrive avec la marée. À bord du *Sweden Star.* Cabine de luxe. Dire que je suis parti d'ici en cargo, caché dans la cale… Il y a quarante-deux ans. J'avais dix francs en poche. Une bordée jusqu'à Bornéo. Je n'ai plus bougé de là.

M. ROI

Une chaise ?

JOSTY, *il ferme les yeux et respire profondément.*

Je ne m'y attendais pas… le parfum d'eau, la vitrine du *Magasin Roi*, la musique : Anvers.

M. ROI

Un cigare ?

JOSTY, *il prend le cigare.*

Combien ?

M. ROI

Je note, je note. Là ! *(Il se frappe le front.)* À la fin du mois la facture.

PAYSAGE

M. Roi a une mémoire de.

JOSTY, *pendant que M. Roi lui allume le cigare.*

Y ai-je rêvé, à cette musique ! Ma jeunesse ! Anvers ! La ville à voile !

M. ROI

Je vous mets toute la boîte.

Il donne la boîte de cigares à Josty qui la prend machinalement.

JOSTY

J'étais un enfant des rues. J'entendais les pianos mécaniques en passant devant les cafés à marins. Cette musique ! chaude !

M. ROI

Maintenant, c'est les juke-box. Je vous en achèterai un beau, avec des lumières. Demain. À la fin du mois la facture.

JOSTY

Ma mémoire. De la musique en ruine. *(Avec force.)* Mais surtout, je ne veux rien de plus que ce dont je me souviens ! *(Le piano fait entendre une mélodie en haillons ; Josty se lève et écoute.)* Ça chante… et puis on trébuche dans le vide… *(Il est debout, face au public, avec une expression de peur.)* Mais, je ne retrouve pas tout… *(Le piano s'arrête. Josty est pris d'un raptus. Il est là, debout, immobile, comme s'il avait une crise cardiaque. En réalité, il est saisi d'effroi, véritable rapt de la conscience.)*

PAYSAGE, *regardant Josty.*

Il a l'air d'avoir froid.

M. ROI

Un châle ! *(Il prend un châle sur une étagère et le met sur les épaules de Josty.)* Magnifique laine de cachemoumou. Ça vous coûtera les yeux de la tête.

JOSTY, *il se ressaisit.*

Ce n'est rien. Je vais trop vite. Le bonheur viendra. *(Il sourit.)*

M. ROI

Nous avons suivi vos instructions.

PAYSAGE

À moi. Et ne m'appelez pas Madame. Dites Paysage. On m'appelle Paysage parce que je vends des tableaux. Des paysages.

M. ROI

Lithos, huiles, aquarelles, pistoyas, benzochromes, graphimorphes, argentines et fluorines, je vous en mettrai tout un choix demain. À la fin du mois la facture.

PAYSAGE

M. Roi dispose d'un vocabulaire immense, à cause de notre.

M. ROI

L'inventaire est là. *(Il se frappe le front.)* L'inventaire de tout le magasin et de tous mes dépôts.

PAYSAGE

Si vous n'aviez pas donné des arrhes.

M. ROI

Nous n'aurions pas exécuté vos ordres de façon aussi minutieuse et paradoxale.

PAYSAGE

Où sont vos ?

JOSTY

Pas de bagages. Mais j'ai beaucoup d'argent. *(Avec élan :)* Je crois que je réussirai ! En ouvrant la porte… tout de suite… le magasin exactement comme à l'époque de ton père, monsieur Roi. *(Il regarde.)* La girouette ! *(Il regarde encore.)* Et le mannequin ?

M. ROI

Le mannequin, je l'ai cherché, floutiné, humiflé à la piste.

PAYSAGE

On peut dire que.

M. ROI

Retrouvé exactement dans l'état où vous l'avez vu il y a quarante-deux ans dans la vitrine de mon père.

PAYSAGE

À moi. Nous lui avons fait repiquer des cheveux. Il est.

JOSTY

Mettez-le là…

PAYSAGE

Agréable !

SCÈNE VI

Les mêmes, plus Agréable.

AGRÉABLE

Madame, Madame, Madame.

PAYSAGE

Va chercher le mannequin chez Krammelik.

AGRÉABLE

Oui, Madame, Madame, Madame.

Il sort.

SCÈNE VII

Paysage, Josty, M. Roi.

PAYSAGE

Agréable est notre employé. Recueilli un peu bête. Quand il était enfant. Nous lui avons appris à dire trois fois les formules de politesse. Comme ça, on est sûr.

M. Roi, pendant ce temps, examine Josty de la tête aux pieds.

M. ROI

Vous avez besoin de nouveaux souliers. Les miens sont presque neufs et conçus spécialement pour le climat d'Anvers.

Il enlève ses souliers.

JOSTY, *regardant autour de lui.*

Oui. Vous avez bien travaillé. Je retrouve tout.

PAYSAGE

M. Roi a une mémoire de.

M. ROI, *tout en chaussant Josty.*

Reconstitution scrupuleuse de la vitrine et du magasin de mon père, comme vous l'avez demandé : cinquante-six cravates de New Portland, trois réclinatifs très brillants, un ruolz dont l'or est usé, douze « généreux », trente-deux cannes en bois de crapule…

PAYSAGE

À moi ! Quarante moulins se profilant sur le couchant.

M. ROI

Un gréement complet de maison à voile.

JOSTY, *l'interrompant.*

Monsieur Roi... je n'ai pas reconnu la ville... plus une maison à voile !

M. ROI

Il en reste une dizaine à peine... toutes les autres sont converties. Allez sur les toits. Des antennes de télé partout comme de petits navires de guerre...

JOSTY

Place Falcon ? Rue Vénus ?

M. ROI

Rien. Votre maison est la dernière maison à voile du quartier. Je l'ai gréée entièrement. Ça vous coûtera les yeux de la tête.

JOSTY, *surpris.*

Ma maison ?

M. ROI, *il éclate de rire.*

Ici !

PAYSAGE

À moi. Vous avez tout acheté... désormais nous sommes chez vous.

JOSTY

Ma maison ! *(Il se lève et marche.)* Ma maison ! *(Il s'arrête. Son expression de joie se change en doute.)* Mais... Monsieur Roi... ces voiles sont-elles exactement comme autrefois ?

M. ROI

Exactement, kif kif, identostructes.

JOSTY

Elles m'ont l'air plus petites... il y avait autrefois, sur la maison du notaire Fram, des voiles... bleues en hiver... grises par gros temps et vertes en avril...

M. ROI

Oui. Oui. J'en ai pour vous un jeu complet, y compris les voiles blanches du mois d'août.

JOSTY

... Il me semblait... *(Il se met à marcher.)* Ils me font un peu mal. *(Il montre ses souliers.)*

M.ROI

Ils grandiront.

JOSTY, *avec une nostalgie angoissée.*

Il me semblait qu'autrefois les voiles étaient... *(À nouveau, il est pris d'un raptus.)*

PAYSAGE

Pourrons-nous ?...

M. ROI

Pourrons-nous vivre chez vous ?

JOSTY, *se ressaisissant.*

Mais oui, nous avons signé un contrat d'amitié.

PAYSAGE

Le contrat ne prévoit pas.

JOSTY

Ne changez rien à votre vie.

PAYSAGE

Et le loyer ?

JOSTY, *il sourit.*

Entre amis, pas de loyer.

SCÈNE VIII

Les mêmes, plus Fram.

Entre Fram. Il porte costume, col et cravate, mais élimés, défoncés et encroûtés de crasse. Malgré sa misère, il ressemble à un prêtre. Son visage est poli comme ces statues de marbre que des milliers de mains inquiètes ont caressées.

PAYSAGE, *elle crie.*

Qu'est-ce que vous venez !

FRAM, *d'un ton compassé.*

Vous êtes de nouveau peu aimable, madame Roi.

PAYSAGE, *à Josty.*

Un sale, sale, sale, individu.

JOSTY

Qui est-ce ?

FRAM, *même jeu.*

Madame Roi, une fois de plus, vous n'êtes pas chic.

M. ROI, *il palpe le pardessus que Josty a déposé à côté de lui en entrant.*

Léger. Trop léger. J'ai ici d'authentiques paletots.

Il va vers le fond du magasin et décroche un vieux paletot.

PAYSAGE, *à Josty.*

Ne l'avez-vous pas connu autrefois ? Il marchait sur des œufs. En chaussettes blanches et costume marin. Déjà, alors, il ressemblait à un petit curé. Mais il n'est pas plus curé que.

FRAM

Madame Roi, vous me défiez.

M. ROI, *il fait l'échange des manteaux.*

Ça vous coûtera les yeux de la tête. Du vrai tissu de marmelotte.

FRAM

Madame Roi, je vais me fâcher.

PAYSAGE

Il « était » très riche. Devenu un « jamais plus ».

FRAM, *à Paysage, avec colère.*

Avez-vous déjà pensé à votre langue ?

PAYSAGE, *à Josty. Elle rit.*

Il va essayer un de ses sales trucs. *(Furieuse.)* Sortez !

FRAM

Quand on y pense, à sa langue, quand on y pense, hein ? Une grosse bête attachée par un bout dans la bouche. Grosse, visqueuse, grosse bête dans la bouche. Quand on y pense, hein ? Ça bouge, là, dans l'obscurité et ça encombre la bouche.

PAYSAGE

Saleté ! *(À Josty :)* Un fils de famille !

FRAM

On oublie qu'on a une langue… mais quand on y pense, hein ? Un poisson tiède, plein la bouche.

PAYSAGE

Saleté !

FRAM

Un gros sale poisson et plus on y pense, plus il est là qui s'étale. Qui prend toute la place. Tout gros. Et qui remue paresseusement. Elle est énorme, votre langue! Énorme dans la bouche. Elle vous gêne, votre langue! Elle obstrue la bouche! Macérée dans la salive. Grosse!

PAYSAGE

À moi! Sortez!

FRAM, *à Josty.*

Vous avez remarqué? Comment elle a dit « sortez ». Le *s* trop mouillé et le *o* plein de viande.

PAYSAGE, *gênée par sa langue et par un flot de salive.*

Je vous espulselai de flosse!

M. ROI, *à Josty.*

Avec ce châle, il vous faut une cravate de New Portland.

FRAM, *il rit.*

J'attends Josty.

PAYSAGE

Déchéance. Dire que son père était le notaire Fram.

JOSTY, *avec joie.*

Fram! toi! Fram! pas possible! Fram! *(Il s'avance les bras ouverts.)*

FRAM

Ah! *(L'évitant. Froid.)* Voyez ce que je suis devenu.

JOSTY, *pendant que Roi lui met une cravate.*

Je me souviens de tout ! Ton père ! En passant devant la fenêtre de la maison du quai, je voyais sa bibliothèque. Des reliures noir et or. Une richesse tranquille.

Paysage va vers le miroir et regarde sa langue.

FRAM

Moi, je ne vous aurais pas reconnu. Vous avez l'air d'un homme malade.

M. ROI, *il a noué la cravate au cou de Josty.*

À la fin du mois la facture.

JOSTY, *il sourit avec calme.*

Je suis malade, Fram. Très malade.

FRAM

Vous connaissez la bête velue, alors ? La bête velue qui se colle à vous, quand on ne peut pas dormir ?

Josty le regarde en silence. Son sourire se fige.

JOSTY, *péniblement.*

Peut-être ai-je encore des années à vivre… J'irai chez le médecin. J'irai dès demain.

Paysage tire la langue.

M. ROI, *à Fram.*

Vous avez revu Josty. Partez maintenant.

JOSTY, *il sourit.*

Non, monsieur Roi. J'engage Fram en qualité d'ami. Je lui ai fait un contrat.

PAYSAGE, *ébahie.*

Lui ? Un contrat d'amitié ? Avec des appointements ?... comme nous ?

JOSTY, *à Fram.*

Finie la misère. Tu seras ce que tu étais : heureux. Tiens, achète un nouveau costume.

Il lui tend quelques billets.
Fram les glisse dans sa poche.

M. ROI, *il ricane.*

Il accepte ! Il accepte !

FRAM, *avec un mélange d'humiliation et de haine.*

Je ne savais pas… je ne savais pas… (Il avale un gros nœud.) que l'argent me viendrait… ainsi...

PAYSAGE

Il accepte comme une.

M. ROI, *d'une voix aiguë.*

Il y met de la volupté !

JOSTY

Va, mon petit Fram, va…

FRAM, *écartant le bras fraternel de Josty.*

J'aime autant… pas de familiarité.

Il sort.

PAYSAGE

Quel sale violon, fait d'un sale bois, et qui fait de la sale musique.

M. ROI

Une sorte de brassempoutre, une muselière de méduse, un crumelâtre de bordel.

JOSTY, *lui coupant la parole.*

Fram est mon ami. Si vous voulez garder ma clientèle…

M. ROI, *sans hésiter.*

C'est vrai ! Fram a des côtés charmants. Et quelle éducation ! Et quel avenir il a eu !

Paysage tire la langue.

SCÈNE IX

M. Roi, Paysage, Pram, Josty et Feroë.

Feroë entre. Elle porte un grand châle noir fait au crochet comme en ont encore les bouquetières d'Anvers. Son visage est délavé comme le bois blanc d'une table de cuisine. Les nuits à errer en vendant des fleurs et des herbes à parfum, l'ont poncé.

PAYSAGE

Feroë ! Non, Feroë, va-t'en ! Nous sommes occupés.

M. ROI

Décidément, c'est le jour des épaves, déchets, débris et repoussoitres.

FEROË

Est-ce qu'il est arrivé ?

JOSTY

Feroë !

FEROË

Josty !

PAYSAGE

À moi ! Allons, ça va. Va-t'en ! *(À Josty :)* Une vieille savate.

M. ROI

Cravate. Crevée. Va-t'en !

Feroë ne bouge pas. Paysage va vers le miroir et regarde sa langue. M. Roi s'approche du piano et l'examine. Ils écoutent Feroë et Josty et rient de temps en temps ironiquement.

JOSTY

Toi ! oui… toi… à travers un long brouillard.

FEROË, *silence. Et puis comme si elle revenait de voyage.*

Josty… vieux.

JOSTY

Riche. Je suis revenu en cabine de luxe.

FEROË, *les souvenirs remontent en elle.*

… attends…

JOSTY

J'avais seize ans, alors, et toi dix-huit.

FEROË

Je ne croyais pas qu'un jour tu reviendrais pour moi.

JOSTY

Tu te rappelles, Feroë ? Je n'avais qu'une chemise. Tu la lavais le vendredi et nous attendions au lit qu'elle sèche. Mais tu la mettais à sécher loin du feu. Ainsi, tu me gardais plus longtemps près de toi.

FEROË, *elle le regarde.*

Comme nous avons vieilli ! Dans ta voix, quelque chose me fait mal.

JOSTY

Dis, tu te souviens ? En été nous nous asseyions près de la fenêtre ouverte…

FEROË

… et si j'ai mal… c'est que je tiens à toi…

JOSTY

… Nous regardions la ville à voile… elle était jolie, la ville au mois d'août, toutes voiles dehors, penchée sous le vent d'ouest.

FEROË

Vois-tu... J'attendais. Depuis que tu es parti, j'attends.

JOSTY

Toi aussi, Feroë, tu étais jolie, couchée à côté de moi.

FEROË

J'attendais… je ne savais pas qui. Toi !

M. ROI, *il rit.*

Elle attendait, la bouquetière !

PAYSAGE, *elle tire la langue.*

Allons, allons, ça suffit.

M. ROI

Qui ? Lui ? *(Il rit.)* La bouquetière ! Elle attendait ! Mais elle recevait des amants dans la couche et sur la bouche.

JOSTY

Une vague en moi ! Qui vient de loin. Ces jours-là, je les rattraperai.

FEROË

Toi ! Vieux ! Comme c'est bien, que tu sois revenu.

JOSTY

Mais, Feroë, tu te souviens ?

FEROË, *elle lui sourit.*

Oui. *(Silence.)* Tu as les yeux tout gonflés. Le climat, là-bas ? Le climat était dur ? J'aime que tu sois revenu près de moi maintenant que nous sommes tous les deux très fatigués… *(Josty a une expression de peine et de solitude, les yeux fixes, il regarde en lui-même. Raptus.)* Josty ! Josty !… reviens… Je suis ici !

JOSTY, *avec difficulté.*

Ce n'est rien. Je vais trop vite. *(Il respire profondément.)* Je veux que tu te souviennes. Feroë, il faut m'aider.

PAYSAGE, *à Feroë.*

Bien. Bien. Vous vous êtes retrouvés, va-t'en maintenant.

M. ROI

Nous avons du travail.

JOSTY, *il s'est dominé et sourit.*

Non. Feroë reste ici. Je l'engage en qualité d'amie.

FEROË

J'ai le contrat.

PAYSAGE

Feroë ?

M. ROI

Quelle société ! Fram, Feroë ! Nous escroumontons, nous escroumontons !

JOSTY

Entouré de mes amis. Ce soir déjà. Je nous vois… bien au chaud… Fumant… parlant… je voudrais que vous parliez au hasard. Des phrases qui me rappellent autrefois… des mots qui viennent, passent. Qui se promènent, qui tournent le coin de la rue. C'est ça l'amitié. Monsieur Roi, tu me diras par exemple : « Josty, le vent monte et les voiles de la maison vibrent jusque dans mes veines. » Des phrases comme ça, n'importe lesquelles. Je vivais dans la rue quand j'étais enfant, à l'abandon, et ma famille, c'étaient les passants. Je les entendais parler au hasard. *(Avec intensité.)* Et maintenant, de vrais amis, tous les soirs chez moi… la musique à trous… les objets retrouvés… rien de plus… je crois que le bonheur viendra.

FEROË, *timidement.*

Et moi ?...

Silence.

JOSTY, *interdit, il la regarde. Silence. Il a de nouveau une expression de peur. Puis avec douleur et force.*

Dès qu'on voit… dès qu'on touche à… à partir de ce moment-là… il ne faudrait plus vivre… un ou deux ans peut-être… ce qu'on aime s'use. Un an ! Un an ! pas plus ! *(Raptus.)*

FEROË

Reviens… Josty… *(Silence.)* Josty !

JOSTY, *il se domine.*

Ce n'est rien. Je vais trop vite. *(Il rit. Puis comme pour faire diversion.)* Le soir est là. Venez avec moi jusqu'aux docks. C'est l'heure où autrefois les maisons allumaient leurs fenêtres pour se regarder dans l'eau. Je veux voir si elles ont encore cet air de ne pas se reconnaître.

Ils vont pour sortir.

FEROË, *en tremblant un peu.*

Josty ?

JOSTY, *doucement.*

Non, Feroë. Des amis. Rien de plus que des amis… vois-tu, je suis revenu pour capter mon passé… le bonheur est là.

M. ROI

Votre nouveau manteau ! *(Il l'aide à mettre le vieux manteau qu'il lui a vendu.)* Moi, je me contenterai de votre vieux machin.

Ils sortent. Le piano mécanique crache quelques accords, trébuche et se tait.

SCÈNE X

Agréable, seul.

Agréable entre. Il porte un mannequin de vitrine vêtu d'une robe argent-vieux, comme les jeunes filles de nos souvenirs, déchirées et nostalgiques.

AGRÉABLE

Madame ! Madame ! Madame ! *(Il écoute, regarde, dépose le mannequin.)* Madame ! Madame ! Madame ! *(Il écoute, va à la porte de l'appartement des Roi, puis à la porte du dépôt, se rend compte qu'il est seul, revient vers le mannequin et murmure.)* Mademoiselle ! Mademoiselle ! Mademoiselle !

Il va d'un pas dansant vers le piano mécanique, soulève le couvercle et y jette un rouleau. La musique court, se brise, se rassemble et repart. Agréable prend le mannequin dans ses bras. Il danse, bouche contre bouche, et tourne jusqu'à l'ivresse. Le piano s'arrête. Agréable abandonne aussitôt le mannequin sans plus le regarder, comme happé par une vision.

SCÈNE XI

Agréable, Anne-Marie.

Anne-Marie entre comme si elle avait attendu ce moment.

ANNE-MARIE

Ils sont partis ?

AGRÉABLE

Oui, Mademoiselle ! Mademoiselle ! Mademoiselle !

ANNE-MARIE

Le jeune homme, tu sais bien…

AGRÉABLE

Dile ?

ANNE-MARIE

Il attend dans la rue, derrière le coin.

Elle rit.

AGRÉABLE

Oui.

ANNE-MARIE

Pendant que nous irons dans ma chambre, tu feras le guet.

AGRÉABLE, *d'une voix étouffée d'émotion voluptueuse.*

Oui, Mademoiselle ! Mademoiselle ! Mademoiselle !

ANNE-MARIE

Comme hier.

AGRÉABLE

Oui.

ANNE-MARIE

Si mes parents reviennent : un signal. Tu feras gémir la girouette. J'entendrai.

AGRÉABLE

Comme la semaine passée.

ANNE-MARIE

Il aura le temps de s'échapper par la fenêtre.

AGRÉABLE

Comme il y a trois mois.

ANNE-MARIE

Va le chercher.

AGRÉABLE

Non. Sauf si...

ANNE-MARIE

Encore ?

AGRÉABLE

Oui.

ANNE-MARIE

Je ne veux plus.

AGRÉABLE

Une dernière fois ! Cette nuit. J'entre dans votre chambre, j'allume, je regarde : vos cheveux dans l'oreiller *(Silence.)*, votre épaule *(Silence.)*, je regarde de loin c'est tout. *(Anne-Marie fait un signe d'approbation.)* Je regarde. Rien de plus.

ANNE-MARIE

Le temps d'allumer et d'éteindre.

AGRÉABLE

Regarder… rien de plus…

Agréable sort. Anne-Marie va vers la vitrine et observe la rue. Elle est debout à côté du mannequin. On les voit de dos. Leurs silhouettes se ressemblent étrangement. Mêmes cheveux noués en chignon sur la nuque, même robe, même taille. L'une est l'image de l'autre, attentives en silence, immobiles et l'on ne sait laquelle des deux bougera la première.

SCÈNE XII

Anne-Marie, Dile et Agréable.

Agréable entre, suivi de Dile. C'est un homme jeune, mince, aux vêtements clairs qu'il croit élégants.

ANNE-MARIE, *elle se précipite vers Dile.*

Dile!... Oh! tu as le nez tout froid. *(Elle s'écarte de lui et dit d'une voix unie à Agréable qui les observe:)* Toi, sors.

AGRÉABLE

Oui, Mademoiselle, Mademoiselle, Mademoiselle.

Il sort.

SCÈNE XIII

Anne-Marie et Dile.

ANNE-MARIE

Dile! Jouons à nous rencontrer pour la première fois. Ainsi tu ne te lasseras pas de moi. Je serai toute neuve chaque jour.

DILE

D'accord. Mademoiselle, d'abord, j'avoue tout: je suis timide.

ANNE-MARIE

Moi aussi.

DILE

Parfait. Jusqu'ici tout va bien.

ANNE-MARIE

Très timide.

DILE

Je vous ferai passer ça !

ANNE-MARIE

S'il vous plaît. Oui !

DILE

Tous les jours en passant dans la rue, je vous vois derrière votre fenêtre...

ANNE-MARIE

Et moi, derrière ma fenêtre, je vous vois dans la rue.

DILE

Je vous nomme Mademoiselle puisque je ne connais pas votre nom.

ANNE-MARIE

Je m'appelle Anne-Marie.

DILE

Moi, on me nomme Dile, parce que je vendais des sacs en crocodile. Elles n'ont d'ailleurs pas marché, mes affaires. Depuis lors je ne travaille plus. Je te tutoie depuis cinq jours. Je te parle tout le temps en moi-même, et bien sûr, en moi-même, je te tutoie.

ANNE-MARIE

Et que me dis-tu en me tutoyant ?

DILE

Je pense : « Qu'est-ce que j'inventerais pour lui plaire ? »

ANNE-MARIE

Et tu trouves ?

DILE

Je lui dirais « Je suis timide », ça donne confiance. Mais en réalité, je ne suis pas timide du tout.

ANNE-MARIE

Moi non plus. Pas du tout.

Elle rit.

DILE, *il rit.*

Anne-Marie du 26 février !

ANNE-MARIE

Il y a déjà 285 jours ! mais notre première rencontre d'aujourd'hui est aussi réussie que notre première rencontre d'alors.

DILE

Il y avait du soleil dans la rue.

ANNE-MARIE

Mais je te connais mieux maintenant.

DILE

Tiens : mon cadeau quotidien.

ANNE-MARIE

Qu'est-ce que c'est ?

DILE

Oh! pas grand-chose… une mouche… regarde… bleue… je l'ai prise endormie dans un grenier… *(Il entrouvre une boîte d'allumettes et la lui tend. Ils se penchent, leurs cheveux se touchent.)* Un bijou qui vole… un bijou qui vit, un bijou fin, fin, que tu ne trouveras chez aucun bijoutier… un bijou à musique… bleu, tout bleu… tiens prends-la dans tes mains.

Il lâche la mouche dans les mains jointes d'Anne-Marie.

ANNE-MARIE, *elle rit.*

Oh! Elle me chatouille! *(Elle rit.)* Elle vole dans mes mains… *(Elle écoute.)* Elle chante dans mes mains… *(Elle écoute.)* Elle se cogne à mes mains… elle demande à partir. *(Elle rit.)* Viens dans ma chambre… je vais la lâcher par la fenêtre… *(Elle rit.)* Il faudrait toujours offrir une mouche à la femme qu'on aime.

DILE, *d'un ton un peu traînant.*

Je n'ai jamais dit que je t'aime.

ANNE-MARIE, *même ton.*

C'était sous-entendu.

DILE

Tu as mal sous-entendu.

ANNE-MARIE

Mais j'ai bien compris.

DILE

Pas de collage. Je te l'ai dit.

ANNE-MARIE, *vive.*

Tu plaisantais.

DILE

Se séparer. Les liaisons s'usent comme des tapis.

ANNE-MARIE, *avec défi.*

Alors, tu as décidé! Nous ne faisons pas notre vie à deux?

DILE

Qu'est-ce que cela veut dire, « faire » sa vie à deux? en général on « défait » sa vie à deux.

Silence. Anne-Marie s'écarte de quelques pas et lâche la mouche.

ANNE-MARIE, *à la mouche qui s'envole.*

Va-t'en!

DILE, *surpris.*

Mon cadeau!

ANNE-MARIE, *avec défi.*

Je n'aime plus tes cadeaux, ils sont usés.

Ils se mesurent un instant du regard.

DILE, *vivement.*

Je ne t'en ai jamais fait accroire. Dès le premier jour, je t'ai prévenue, tout est jeu. *(Violent.)* Jeu! Rien de plus! *(De nouveau calme.)* Je ne conçois la vie à deux qu'avec beaucoup, beaucoup d'argent… On dit que le vieux Josty va revenir… fabuleusement riche. On dit qu'il a acheté le magasin de ton père, et qu'il aurait de quoi acheter tout le quartier, et des autos et des bateaux… C'est ça, tu vois, la liberté. Sinon on sombre. Alors, moi, comme je n'ai rien, je joue.

ANNE-MARIE, *avec une joie feinte.*

Bien. Jouons. Viens.

DILE, *dupe.*

Toi au moins !

Moue d'admiration.

ANNE-MARIE

Va déjà ! J'appelle Agréable pour qu'il fasse le guet.

Dile sort du côté des appartements. Anne-Marie court vers la porte de la rue et fait entrer Agréable.

SCÈNE XIV

Anne-Marie et Agréable seuls.

ANNE-MARIE

J'ai besoin de toi.

AGRÉABLE

Oui, si…

ANNE-MARIE

Non !

AGRÉABLE, *comme égaré.*

J'allume, je m'approche un peu, je me penche et je regarde votre bras. Sans toucher. Votre respiration. Sans toucher.

ANNE-MARIE, *comme pour en finir.*

Oui, oui, vite. *(Changeant de ton :)* Écoute.

AGRÉABLE

Mademoiselle, Madem…

ANNE-MARIE, *le coupant.*

Dile. Je vais le faire souffrir. Souffrir ! Souffrir ! Compte lentement jusqu'à vingt. Pas plus. Il aura le temps de… rien du tout. Jusqu'à vingt et puis fais gémir la girouette. Compris ?

AGRÉABLE

Oui.

Elle va vers la porte.

ANNE-MARIE

Compte.

Elle sort.

SCÈNE XV

Agréable, seul.

AGRÉABLE

Un : Mademoiselle, Mademoiselle, Mademoiselle.

Deux : Il la regarde.

Trois : Ses mains sur elle.

Quatre : Anne-Marie…

Cinq : *(Il fait quelques pas au hasard et revient au centre.)*

Six : *(Il se passe rapidement les mains sur le visage.)*

Sept : *(De nouveau il marche et revient.)*

Huit : Il dégrafe la robe.

Neuf : *(Il va vers le mannequin et le touche avec crainte.)*

Dix : *(Il dénoue les cheveux du mannequin.)*

Onze : *(Il l'attire à lui et enfouit son visage dans les cheveux du mannequin.)*

Douze : Ses mains sur elle.

Treize : *(Silence.)*

Quatorze : *(Oppressé :)* Ses mains sur elle.

Quinze : *(Il repousse le mannequin avec violence et le gifle.)*

Seize : *(Il le gifle.)*

Dix-sept : *(Il le gifle.)*

Dix-huit : *(Il le gifle encore avec rage et puis court à la girouette qu'il fait pivoter et grincer. La porte s'ouvre avec violence. Anne-Marie entre, les cheveux dénoués. Ils se regardent en silence.)*

ANNE-MARIE, *elle rit, entre le mépris et les larmes.*

Il a fui comme un lapin… Il aurait honte, d'être surpris avec moi… non ! je vais te dire, moi : il a peur ! peur d'une bagarre avec mes parents. *(D'une voix neutre :)* Parce qu'il est lâche. *(Silence, puis soudain, sa colère explose.)* Et toi ? Hein ? Qu'est-ce qui t'a pris ? *(Agréable la regarde, fasciné.)* Imbécile ! Tu ne comprends jamais rien ! me faire descendre ! Tout allait bien ! Il m'avait demandé pardon ! Idiot, qu'est-ce qui t'a pris ! Tu ne seras jamais capable de rien comprendre ! Jamais ! Rien ! *(Elle le gifle.)*

FIN DU Ier ACTE

ACTE II

Même décor, quelques heures plus tard.

SCÈNE I

Paysage, M. Roi, Anne-Marie.

Anne-Marie est prête à sortir. Elle porte un imperméable.

M. ROI

Je te suggère de rester ce soir avec nous. Josty nous réunit. Tu ne l'as pas encore vu. C'est notre plus gros client. J'aimerais qu'il se sente en famille ici.

ANNE-MARIE

On entend le vent.

M. ROI

Grâce à lui, si tout va bien, notre fortune est dans le sac.

PAYSAGE

Et pour toi, nous pensons à.

M. ROI

Oui. Qu'est-ce que tu en dis ?

PAYSAGE

Bien sûr, Maître Beldeko est un peu raide.

M. ROI

Mais ça n'a pas d'importance.

ANNE-MARIE

Une tempête. Je l'avais prévue. Une tempête sur l'Escaut.

M. ROI

Anne-Marie, Maître Beldeko serait pour toi une base solide et pour nous une échelle.

PAYSAGE

Méfie-toi de.

M. ROI

Paysage, tu as raison.

PAYSAGE

Dile n'a pas plus de base que.

M. ROI

Il faut se méfier des gens qui n'ont pas de base.

ANNE-MARIE, *joyeuse.*

Devinez ce que je fais les soirs de tempête. J'attends au coin de la rue des Récollets, où le vent tourne, et j'attrape le premier papier qui vole. La gazette du vent. On y lit l'avenir. Je la déplie... et à la lumière d'une vitrine, je déchiffre ce qui est écrit... « Marsala. Import. Les vidanges ne seront pas... » Si je devinais ce qu'il y a sous les mots, je saurais mon avenir.

Elle sort par la porte de la rue.

SCÈNE II

Paysage et M. Roi.

PAYSAGE

Elle a une sacrée.

M. ROI

Pas bête : une méthode.

PAYSAGE

Moi, je crois que.

M. ROI

Eh ! bien, moi pas.

PAYSAGE

Mais alors, pourquoi.

M. ROI

Toutes les filles aiment errer dans la ville les soirs de tempête.

PAYSAGE

Ce n'est pas une raison pour.

M. ROI

Bien sûr ! Mais elle n'est pas bête. Et à son âge, qu'est-ce que tu faisais, hein ?

PAYSAGE

Moi ? Rien.

M. ROI

La rattraper au tournant, la faire virer du côté Beldeko. *(Silence.)* Josty a demandé qu'on l'avertisse à huit heures.

PAYSAGE

Il est temps de.

Elle fait grincer la girouette.

M. ROI, *il appelle.*

Josty ! *(Silence.)* Si nous parvenons à mener l'opération jusqu'au bout… lui vendre… tout… Eh ! bien… alors… très vite !

SCÈNE III

M. Roi, Paysage, Josty.

Entre Josty. Il est vêtu d'une robe de chambre luxueuse.

JOSTY

Quelle chance ! Une tempête ! Pour notre première soirée ! Les amis sont là ?

M. ROI

Content de la robe de chambre ? Ça vous coûtera les yeux de la tête. *(Il rit.)* À la fin du mois la facture.

PAYSAGE

Quels amis ? M. Roi et moi, oui ! Feroë et Fram ? ce ne sont pas des amis ça ! Ils ne sont pas de notre milieu. On a toujours tort de mélanger les classes sociales. Moi, je connais quelqu'un qui serait un ami merveilleux : Maître Beldeko. C'est un être exquis.

JOSTY, *sans écouter, il est allé vers le mannequin.*

Étonnante ! *(À Roi :)* Où l'as-tu retrouvée ? *(Sans attendre la réponse de Roi :)* Tout à fait ça ! *(Silence. Il sourit.)* Je suis sûr ! Tout à l'heure quand les amis seront là, le bonheur viendra. J'étais l'enfant le plus pauvre d'Anvers. La nuit, dans la rue, je ne parvenais pas à dormir. Tout raide de froid. Je me blottissais là, en face du magasin, sur le trottoir, contre la façade du restaurant chinois. J'essayais de ramener le mur sur mes épaules, comme une couverture. Je regardais le *Magasin Roi* et, dans la vitrine *(Il montre le mannequin.)*, je la voyais un peu penchée vers moi…

PAYSAGE

Un petit garçon qui n'avait qu'un mur pour couverture.

JOSTY

Je lui parlais toute la nuit… « Plus tard ma femme te ressemblera… et tous ces merveilleux objets dont tu es entourée… je les achèterai… et je vivrai avec toi. »

M. ROI, *depuis quelques instants,*
il regarde les pieds de Josty.

Il vous faudrait des luffelines !

JOSTY

À Bornéo, j'ai travaillé comme une bête. Quand je me décourageais, le souvenir de Fenêtre m'apparaissait... immobile... très loin dans sa vitrine, à Anvers. Je l'ai nommée Fenêtre... *(Il soupire.)* Eh ! bien voilà... *(Avec une soudaine mélancolie :)* Je suis près d'elle maintenant.

Son sourire s'est effacé et tout son visage glisse vers l'inquiétude. Raptus. Silence.

M. ROI

... Oui, des luffelines, en voici de magnifiques qui...

Paysage l'arrête d'un geste. Il s'immobilise, les luffelines brodées d'or à la main.

PAYSAGE, à Josty.

Est-ce que je peux ?

JOSTY, *revenant à lui.*

Oui, Paysage. *(Il sourit.)*

PAYSAGE

Pourquoi avez-vous engagé des amis comme Fram ? Il ne dit que des méchancetés. À vous aussi Josty. Dès qu'il vous a vu : « Vous avez l'air malade »... est-ce d'un ami ?

JOSTY

Je suis malade.

PAYSAGE

Malade, comment ? Vous comptez mourir ? Ou bien est-ce que ça ne va pas jusque-là ?

JOSTY, *après une légère hésitation.*

Demain, j'irai chez le médecin… Là-bas on m'a dit: vous en avez encore pour un ou deux ans… *(Paysage le regarde puis se détourne. Elle va vers le miroir et tire la langue.)* Mais je vivrai peut-être longtemps… *(Soudain avec violence:)* J'ai été pris de panique mais maintenant tout va bien. Je suis très riche ! Et la richesse est une chose magique. Je veux refaire… avoir à moi… à moi… tout de suite… ce que j'ai désiré… non: rêvé, rêvé, rêvé, rêvé ! Avoir ! serrer contre moi. En moi. Le passé… cette image, je la prendrai. À moi, vraiment à moi. *(À Paysage:)* Est-ce que j'ai l'air malade ?

PAYSAGE, *sans répondre.*

Vous savez, ils en veulent à votre argent. M. Roi et moi, non.

JOSTY

Mais, est-ce que j'ai l'air malade ?

M. ROI

Authentiques luffelines de Turquie. Magnifique marchandise de contrebande.

PAYSAGE, *bas.*

Monsieur Roi, tu sais quoi. *(M. Roi regarde interrogativement.)* Se dépêcher. Vendre le plus possible à Josty, tant que.

M. Roi, admiratif, la regarde, puis fait un bref signe d'assentiment.

SCÈNE IV

Les mêmes, plus Agréable. Entre Agréable.

AGRÉABLE

Je crois qu'il est l'heure ?

PAYSAGE

Agréable, va-t'en. On n'a pas.

JOSTY

J'ai engagé Agréable en qualité d'ami.

PAYSAGE, *stupéfaite.*

Agréable ! Et nous alors ?

M. ROI

Sur le même plan, miroir, tabule, que nous ?

PAYSAGE

Vous êtes tout à fait fou.

AGRÉABLE

Madame, Madame, Madame.

JOSTY

Et pourtant c'est ainsi. *(Silence.)* Chaque matin, en me réveillant, je rejetais ma couverture de pierre, je me levais et je m'inventais une famille et des amis. La première femme que je voyais dans la rue devenait ma mère jusqu'au soir, et les six premiers passants étaient mes amis.

PAYSAGE

Six? *(Elle compte.)* Moi, M. Roi, Agréable, Feroë et Fram, ça fait cinq.

JOSTY

J'en ai trouvé un sixième… je l'ai pris au hasard. En venant ici, je l'ai rencontré dans la rue. Il s'appelle Dile.

PAYSAGE

Dile !

M. ROI

Dile ?

AGRÉABLE, *à mi-voix.*

Mademoiselle, Mademoiselle, Mademoiselle…

PAYSAGE

À moi. J'aimerais que vous choisissiez plutôt Maître Beldeko. Ce Dile est une drôle de poubelle.

JOSTY, *avec colère.*

Je ne choisis pas. Je les prends comme ils viennent. Au hasard. Vous ne comprenez rien et ne vous mêlez pas de mes affaires.

PAYSAGE, *abasourdie.*

Je croyais… *(Court silence.)* Puant.

Elle tire la langue.

AGRÉABLE

C'est l'heure. Les voilà.

JOSTY, *sec.*

Tenez-vous-en strictement à votre contrat d'amitié, Paysage.

Elle les regarde, interdite, les yeux agrandis.

SCÈNE V

Paysage, M. Roi, Josty, Agréable,
Feroë, Fram, Dile.

Feroë, Fram et Dile entrent. Ils sont vêtus d'imperméables et arrimés de châles contre la tempête.

FEROË

Quel vent !

DILE

Une tempête à dématêr les maisons.

PAYSAGE, *à Dile.*

On ne dit pas bonjour ? L'amitié ne dispense pas d'être poli.

DILE

Je suis ici comme si je n'étais pas chez vous.

AGRÉABLE

Il faudra rentrer les blés avant qu'ils se mouillent !

M.ROI

Quels blés ? Nous sommes en novembre !

AGRÉABLE

Pardon, pardon, pardon. J'ai un contrat d'amitié. Il y est écrit que je dois dire des phrases au hasard.

PAYSAGE, *aigre, à Fram.*

Nouveau costume? On dirait un cercueil.

FRAM, *avec défi.*

Le cadeau de Josty. *(Il ouvre son veston noir. La doublure est rouge.)* Solaire, royal, mais surtout sacré. Le pantalon aussi, doublé de soie rouge. Je ne porte pas de caleçon. C'est doux.

Pendant ce temps, M. Roi a présenté des cigares.

M. ROI, *à Josty.*

À la fin du mois, la facture.

TOUS

Merci… oui… non… voilà… un fauteuil plutôt.

Ils s'installent.

JOSTY, *très exalté.*

Mes amis. La première soirée. Voilà! J'y suis. C'est arrivé! Le bonheur va venir!... Je ne vivais pas dans la maison. Je voyais les chambres de l'extérieur. Le soir, les fenêtres éclairées me disaient: c'est «dans» les maisons qu'on est heureux… et maintenant je suis dans la maison… tout est prêt… il suffit de déclencher le mécanisme… des phrases au hasard, comme celles des passants dans la rue. J'aurai mes souvenirs! Je les aurai! Parlez… Parlez!

Il s'assied.

AGRÉABLE

Il y aura des pommes à foison cette année…

M. ROI

Tais-toi, Agréable.

FRAM

Des phrases ? comment des phrases ? moi je refuse. De l'ordre. Si on perd le fil, on est perdu. Vous n'avez pas connu la misère, vous !

AGRÉABLE

Peut-être devrions-nous procéder à la tonte des brebis.

FRAM, *furieux.*

La tonte ! La tonte ! Quoi la tonte ? *(D'une voix aiguë.)* Procéder ! Procéder ! Je demande qu'on procède avec logique !

PAYSAGE

Très bien, Agréable ! Trouve des choses qui le fassent enrager !

JOSTY, *il se lève soudain, comme inquiet.*

Taisez-vous ! Qu'est-ce que j'entends ? *(Silence. Au loin une voix de haut-parleur dans la nuit.)* Le maître éclusier appelle les bateaux, et les dirige vers l'écluse. Feroë, ouvre la fenêtre.

Feroë obéit. Soudain, entrent les bruits du grand vent sur la ville. Pêle-mêle, cloches, volets, rafales de pluie, moteurs, feuilles et papiers qui glissent le long des murs, couvercles de poubelles, cordages détachés de la maison à voile battant régulièrement sur le toit, parfois une bouffée de musique aussitôt emportée, des pas qui courent. Il faut que cette tempête soit autre chose qu'une tempête de théâtre. Elle devrait être composée comme la musique de la nuit. On entend toute la ville et ses épaves qui dérivent.

Ils s'immobilisent, tous, les yeux fixes, agrandis, comme lorsqu'on écoute avec intensité. Alors, au-dessus du tumulte, comme un dieu, la voix du haut-parleur.

LA VOIX

Allô ! Marina ! Marina ! Batelier, tu m'entends ? En avant doucement ! Marina en avant. Tribord. Tribord ! un câble à tribord. Stop Marina…

FRAM, *il rit.*

On dirait la voix d'un docteur…

LA VOIX

… Amsterdam prépare-toi… allons, batelier… batelier… du mou, du mou… laisse venir… doucement… stop Amsterdam.

Il y a un coup de vent plus fort que les autres, des papiers et des feuilles mortes s'engouffrent par la fenêtre et tournoient un instant sur la scène.

PAYSAGE, *elle crie.*

Agréable ! La fenêtre !

Agréable obéit. Silence soudain. Josty est debout au milieu de la scène, les yeux fixes, la bouche entrouverte comme s'il voyait quelque chose.

FRAM

… Un docteur qui ausculte. Un de ces sales docteurs qui posent des questions mais qui ne voient pas la bête velue.

FEROË, *elle pousse un cri.*

Josty… Josty ! Reviens ! Qu'y a-t-il ? À quoi penses-tu ?

JOSTY, *il balbutie.*
Les mots viennent sans suite.

À rien… *(Silence.)* à rien. *(Silence.)* Rien. Rien. *(Il se reprend et se tourne vers les autres avec un sourire difficile.)* Parlons.

FRAM

Vous êtes malade, Josty.

Paysage tire la langue.

JOSTY, *avec colère.*

Cesse de répéter que je suis malade ! Oui ! Oui ! Oui ! Oui ! Oui ! je suis malade… tu le sais à présent !

FRAM

On n'est jamais gentil pour moi… Je m'informe de votre santé et voilà…

JOSTY, *se maîtrisant.*

Parlons d'autre chose. Raconte, Fram, raconte n'importe quoi, comme convenu.

FRAM, *irrité.*

Que voulez-vous que je raconte ? Fané à l'intérieur. Et vous voudriez que je m'épanouisse ?

DILE, *joyeux.*

Moi, je joue. *(Il ramasse une boule de papier apportée par le coup de vent. Il la défroisse.)* Vous connaissez ce jeu, Josty ? La gazette du vent ? On déplie les journaux que le vent apporte et on y lit l'avenir.

PAYSAGE, *regarde Roi d'un air entendu.*

« Au coin de la rue des Récollets où le vent tourne. »

M. ROI

« Marsala import. Les vidanges ne seront pas… »

PAYSAGE

Je crois que.

M. ROI

Tu as raison, c'est une preuve.

PAYSAGE

Qu'est-ce que ?

M. ROI

Se dépêcher. Dès ce soir. Allons chercher Anne-Marie, et menons-la « stante pede » « courrante jamba » chez Maître Beldeko.

JOSTY

Eh ! bien… cette gazette du vent ?

DILE

Vous n'y lisez rien… C'est que vous ne connaissez pas l'écriture du vent… Mais moi oui… *(Il lit:)* « La femme reçoit parfois la visite d'un dieu. » C'est le vent qui écrit, moi, je lis : « Tous les deux mille ans. Je connais la femme élue. Elle est encore petite fille. Elle joue le soir dans la rue d'un faubourg. Ses yeux ont déjà mal. Pourtant elle ne sait rien. Elle donnera naissance à un petit arbre d'or. »

FRAM, *il lui arrache le papier.*

Il ment ! C'est du papier blanc.

DILE

Josty nous a dit d'inventer des phrases.

FRAM

Pas des phrases idiotes. Josty je vous en conjure !

PAYSAGE, *à Josty.*

Nous venons de nous rappeler que.

M. ROI

Oui, nous nous absentons. Pas longtemps. Deux heures. Une grosse affaire immobilière.

Ils sortent.

SCÈNE VI

Josty, Agréable, Fram, Dile, Feroë.

JOSTY, *il s'approche de Dile.*

Bien, Dile. Tu as compris. Tu auras de l'argent.

DILE

Plus j'aurai d'argent, plus j'inventerai.

FRAM

Jolie morale ! Du parfumé qui parfume !

JOSTY

Et toi, Feroë, tu ne parles pas ?

FEROË

Je n'ai que de vrais souvenirs.

AGRÉABLE

J'ai connu une femme endormie. On la voyait comme au cinéma.

DILE

Je me souviens, moi, d'une femme qui parlait comme un peuplier d'Italie. Elle avait l'air d'être toujours au soleil.

AGRÉABLE

Il y aura beaucoup de glands cette année.

FEROË

Nous nous promenions le long des fossés près de Lillo. Je me souviens d'une poule d'eau et de ses huit poussins noirs…

AGRÉABLE

C'est très joli de voir dormir quelqu'un. Les yeux reposent dans de petits sacs de peau.

DILE

Les nuits de tempête, la ville à voile dérive. J'ai entendu sauter les amarres.

FEROË

J'en ai, de jolis souvenirs grâce à toi.

DILE

Il y avait un petit chien, qui avait mal à la gorge.

AGRÉABLE

Et sa respiration endormie. Chaque fois elle donnait un peu de sa vie… C'est ainsi qu'on meurt. On dort et on donne. La vie coule de source.

DILE

Dans mon livre d'arithmétique, il y avait le mot: «corollaire». Je ne l'ai plus jamais vu depuis. Cela ressemble à «corolle».

FEROË

Mais ce dont je me souviens mieux, ce sont les jours d'été où la ville, sous toutes ses voiles et grand pavois, voguait lentement sous les nuages immobiles.

JOSTY

Continuez. *(Il se lève.)*

AGRÉABLE

J'aime aussi la chemise de nuit.

DILE

Un homme ne révèle jamais le nom de la femme qu'il aime, mais je n'aime personne.

JOSTY, *impatient.*

Continuez, continuez.

DILE

J'aime l'espace qu'elle vient de quitter et qui semble la regretter.

JOSTY, *nerveux.*

Mais parlez donc!

AGRÉABLE

Cette année les cerises seront très charnues.

DILE

Si les os fleurissaient, les guerres seraient pleines de crocus.

AGRÉABLE

Sa respiration coule de source.

JOSTY, *plus fort.*

Je vous dis de parler !

DILE

Un jour j'ai tourné le coin de la rue. J'ai vu une autre rue. Vide. Elle s'en allait entre ses trottoirs et se nouait tout au bout.

JOSTY, *il crie.*

Continuez ! Continuez ! Continuez !

FEROË, *elle s'approche de lui et doucement.*

Josty...

FRAM

Vous m'avez « engagé » comme ami, Josty. Un conseil : assez. Ce n'est pas très bon pour un malade.

JOSTY, *sa colère monte.*

Tais-toi ! Demi-portion ! Petit curé ! Autrefois déjà : tes genoux de vaseline blanche me dégoûtaient !

FRAM

On n'est jamais...

JOSTY

Tais-toi !

FRAM

On n'est jamais gentil pour moi. Vous non plus, Josty.

JOSTY

Tu n'es qu'un souvenir pourri ! Et c'est « ça » que j'ai trouvé en revenant à Anvers ! Pourriture ! Ruines ! Et ça ? Et ça ? Et ça ? Qu'est-ce que c'est ? des grimaces… *(Il renverse le mannequin Fenêtre.)* Grimaces ! Et vous tous ! Grimaces !

FEROË, *elle lui prend le bras.*

Josty…

JOSTY

Oh ! toi. *(Il la pousse violemment, elle tombe contre le comptoir. Il a des sanglots dans la voix.)* Toi aussi ! Feroë ! Toi aussi ! *(Avec haine :)* Rien, rien n'est resté du passé. Tout est parti. *(Il crie :)* II n'y a plus rien !

FRAM

Hein ? Qu'est-ce que je disais ? Je trouve, moi, qu'il faut essayer d'oublier.

FEROË

Nous avons fait ce que tu as demandé.

JOSTY

Ce n'est pourtant pas difficile ? Hein ? Pas compliqué ! Imbéciles ! Je vous demande d'être des amis, rien d'autre… ce n'est pas bien compliqué de dire des phrases au hasard qui accrochent le passé… mais qu'est-ce que vous faites ? Vous dites des phrases crevées.

FEROË

Josty !

JOSTY

Il doit pourtant y avoir moyen ! Je suis riche !... *(Raptus.)*

FEROË, *doucement.*

Josty !... *(Silence.)* Reviens !... *(Silence.)* Josty !

JOSTY, *abattu.*

Peut-être que je vais mourir. Cela pourrait bien m'arriver à moi aussi… je n'ai pas peur… mais parfois deux mains me prennent à la gorge et me tirent en arrière. *(Silence.)* Il doit pourtant y avoir moyen !

DILE

Je le connais, moi, le moyen.

FRAM

Et moi, je vous le dis : il n'y a pas moyen. On peut s'étourdir. C'est tout. Moi, j'ai commandé une voiture très luxueuse. Une Rolls. Ça ne rend pas heureux, ça arrange… Où l'auriez-vous trouvé ce moyen qu'on cherche depuis deux mille ans…

DILE, *à Josty.*

Je te donnerai une femme.

FRAM

Josty ! Elles sont toutes souillées et se gâtent comme des poires, par l'intérieur, par le ventre.

Agréable relève Fenêtre.

JOSTY, *à Dile.*

Oui. Je n'y pensais pas… C'est une idée… une femme… oui… à travers elle… peut-être… Oui, elle est jeune. *(Il sourit.)* Je suis sûr, maintenant. Une femme dans mes bras… oui…

AGRÉABLE, *tout en arrangeant Fenêtre.*

Il y aura de la salade à foison, cette année.

JOSTY

Fenêtre… une image sans corps. Oui, Dile, tu as trouvé… je te donnerai beaucoup, beaucoup d'argent. Il me faut un être vivant au ventre doux… Un corps jeune qui servira d'appât. Le bonheur viendra… oui ! trouve-moi une femme qui ressemble à Fenêtre.

DILE

Agréable !

AGRÉABLE, *attentif soudain.*

Oui. Oui. Oui.

DILE

Va chercher Anne-Marie. Tout de suite.

AGRÉABLE

Où ? Où ? Où ?

JOSTY

… Oui…

DILE

En face. Elle m'attend au restaurant chinois.

Agréable sort.

JOSTY

... Oui...

FRAM, *il ricane.*

Je souhaite pour vous que Paysage et M. Roi ne rentrent pas maintenant. Mais ce serait drôle !

JOSTY

... Oui... j'ai rêvé à Fenêtre pendant quarante ans. Maintenant, j'ai besoin qu'elle soit vraie... et le reste suivra ! *(À Dile :)* Je savais bien qu'il y avait un moyen. Je suis riche. J'ai le pouvoir de faire revivre le passé.

FEROË, *triste.*

Oh ! Non. On est pauvre. On n'a qu'un seul temps. Si on pouvait le mettre loin du feu, ce temps, pour qu'il ne sèche pas trop vite...

DILE

Je te donne une femme et un joli secret. Josty. Je te donne Anne-Marie.

FRAM

Les secrets ne sont jamais jolis.

JOSTY, *dur.*

Oui. Je suis riche ! Pour y arriver j'ai poussé ma vie à force, j'ai traversé les années en m'y déchirant. Vers un seul but. Revenir ici et prendre ce que j'ai désiré. Tout pour maintenant. Ce maintenant que je vis. Ce moment même. Enfin ! Le bonheur va venir. Elle peut entrer, Anne-Marie. *(À Feroë avec violence :)* Et toi, ne me regarde pas comme ça ! *(À Dile :)* Qui est Anne-Marie ?

FEROË

Non, Josty… pas celle-là !

DILE

Oui. je te la donne ! *(Il rit.)* Je m'en trouverai d'autres.

JOSTY

Tu auras beaucoup d'argent.

FRAM

Je vous avertis ! Crapuleux, tout ça !

JOSTY

Tais-toi, Fram.

FRAM, *à Dile.*

As-tu déjà pensé à ta langue… Fortement attachée aux parois par un bout…

JOSTY

Tais-toi ! Ou je te renvoie…

FRAM, *prudent.*

Bien… bien… Mais je te mets en garde. Ils en veulent tous à ton argent.

DILE

Je te donne aussi mon secret, Josty. Le bonheur n'est qu'une perspective. Une rue qui s'en va entre ses trottoirs… et je vais te montrer comment on marche dans la rue… et comment on y aborde une femme. Fram! Musique!

FRAM, *il obéit et va au piano mécanique.*

Personne n'est gentil pour moi.

DILE

Joue «Anvers en février!»… *(Il va vers la girouette et l'oriente.)*

FRAM, *il choisit un rouleau de musique et le jette dans le piano avec dégoût.*

Tous les secrets sont tristes et on ne m'aura plus.

Il allume un cigare qu'il fume avec hargne.

DILE, *il va au centre, la lumière se concentre sur lui.*

Le vent venait de l'est. C'était l'année passée, un jour de février, le 26 si je me souviens bien, par un joli midi. Les voiles frissonnaient sur les toits, on aurait dit qu'on les avait passées au bleu. *(Le piano fait entendre trois ou quatre accords. Josty sourit, détendu et s'assied.)* Je humais le printemps à travers l'hiver. Tout un côté de la rue était jaune citron. C'était le soleil. *(De nouveau quelques accords au piano.)* L'autre côté était violet. De ce côté-là, personne ne marchait. *(Petite cascade de musique.)* Des dames passaient, et à leurs fourrures s'accrochait un parfum de février. *(Petite mélodie trébuchante.)* Un parfum frais, acidulé, un parfum jaune citron. C'était le soleil. Les fourrures sentaient le printemps, mais les talons sur le trottoir sonnaient comme du cristal de janvier. Moi, sans manteau comme en été… mais sans femme comme en hiver… À ce moment je vois une fille… elle s'avance à ma rencontre…

Quelques notes en ruine. Fram traverse la scène d'un pas incertain.

FRAM

Cigare. Pas l'habitude. Affreux !

Il ouvre la fenêtre et respire. La tempête entre, souveraine, mais cette fois on n'entend pas la voix du haut-parleur.

JOSTY, *fâché.*

La fenêtre !

Fram obéit. Il revient en chancelant.

FRAM

Je n'ai jamais de chance. Jamais. Autrefois c'étaient les crêpes.

Quelques accords s'écroulent.

DILE, *il se tourne vers la porte.*

Où est-elle, Anne-Marie ?

Le piano fait entendre une musique percée aux coudes. La porte s'ouvre. Agréable.

SCÈNE VII

Les mêmes, plus Anne-Marie.

AGRÉABLE

Mademoiselle, Mademoiselle, Mademoiselle.

Anne-Marie entre.

ANNE-MARIE

Dile ! Toi ? Tu m'as appelée ? *(Joyeuse :)*... je t'attendais depuis plus d'une heure. J'étais triste... que fais-tu ici ?

DILE

Anne-Marie, on joue ! Notre première rencontre.

ANNE-MARIE

... Devant les autres ?

Elle hésite.

DILE, *joyeux.*

T'en fais pas ! *(Dile mène Anne-Marie vers le milieu de la scène. Josty, frappé par la ressemblance entre Anne-Marie et Fenêtre, se lève, s'approche de quelques pas, hésite et se rassied. Le piano donne quelques accords.)* Mademoiselle.

Aussitôt Anne-Marie entre dans le jeu.

ANNE-MARIE, *elle sourit.*

Monsieur.

DILE

Parlez-moi de vous.

ANNE-MARIE

Quel joli soleil ! Le trottoir est plein de jonquilles.

DILE

J'ai l'impression de vous connaître.

ANNE-MARIE

Moi non. Vous ressemblez à quelqu'un que je n'aurais jamais vu.

DILE

La ville est transparente aujourd'hui, toute gelée sous ses voiles.

ANNE-MARIE

Assez parlé de moi. Parlez-moi de vous.

DILE

Déjà le 26 février.

ANNE-MARIE

Quel joli métier !

DILE

Où avez-vous acheté vos yeux ?

ANNE-MARIE

Ils me viennent d'un grand-oncle.

DILE

Gris océan, vert, bleu, brun, horizon. Vos yeux glissent sur l'eau.

ANNE-MARIE

Il avait beaucoup voyagé…

La musique reprend. Tout un pan de « Anvers en février ! » resté intact au milieu des ruines. Dile a pris le bras d'Anne-Marie. Ils font le tour de la scène, comme s'ils marchaient dans la rue. Fram va vers la fenêtre. Il l'ouvre et respire profondément. Bruit de la tempête mêlé au piano.

TOUS

La fenêtre ! Fram ! La fenêtre !

Fram obéit et revient à sa chaise. Le piano trébuche dans un trou. Silence. Dile et Anne-Marie sont revenus au centre.

ANNE-MARIE

Déjà le 26 février !

DILE

Quelle jolie main !

ANNE-MARIE

Elle ressemble à l'autre main comme mon visage à son reflet.

DILE

Laquelle des deux est le reflet ?

ANNE-MARIE

Celle qui se souviendra le mieux de vous.

DILE, *tout près d'Anne-Marie.*

Voici mon cadeau quotidien.

ANNE-MARIE

Je souhaite que chaque jour devienne quotidien.

DILE

Regarde. *(Il lui donne une boîte d'allumettes.)*

ANNE-MARIE

Qu'est-ce que c'est ?

DILE

Enlève ton gant. *(Elle retire un gant imaginaire.)* Un grêlon tout frais, tout neuf... Le ciel a cassé son collier.

ANNE-MARIE, *elle regarde le grêlon dans le creux de sa main.*

Oh ! Il est mouillé !

DILE

Un nuage violet est passé et soudain des perles partout.

ANNE-MARIE

Oh ! il fond !

DILE

Tous les bijoutiers d'Anvers sont sortis de leur boutique.

ANNE-MARIE

Une pointe de froid.

DILE

Ils se sont mis à quatre pattes une loupe vissée à l'œil.

ANNE-MARIE

Il me fait mal en fondant.

La musique reprend puis s'éloigne et s'arrête.

DILE

Les grêlons sautaient partout et les bijoutiers essayaient de les happer avec de petites pinces… mais j'ai réussi à prendre le plus gros grêlon pour toi.

ANNE-MARIE, *regardant toujours sa main.*

Parti… Une goutte d'eau.

DILE

Bois-la.

ANNE-MARIE

Non, toi.

Elle lui tend sa paume ouverte. Il boit. Elle ferme les yeux.

AGRÉABLE, *il avale sa salive.*

Mademoiselle, Mademoiselle, Mademoisellc.

JOSTY, *soudain en un cri.*

C'est elle ! Fenêtre ! *(Il prend Anne-Marie par la main. Surprise, elle se laisse mener jusqu'au centre de la scène. Josty lu montre comme s'il la présentait à ses amis.)* Fenêtre, je l'ai trouvée ! *(Il la regarde.)* Fenêtre.

FRAM, *en un murmure amer.*

Moi, ça me dégoûte.

FIN DU IIE ACTE

ACTE III

Même décor, un mois plus tard.

SCÈNE I

Anne-Marie et Agréable.

La scène est sombre. La porte de l'appartement s'ouvre. On reconnaît Anne-Marie. Elle fait de la lumière.

Agréable dort dans un petit lit de camp dressé près du comptoir. Il tient le mannequin Fenêtre dans ses bras. Pendant un moment on a pu croire que c'était une femme. Il se dresse, aveuglé par la lumière soudaine.

ANNE-MARIE

Agréable !

AGRÉABLE

Mademoiselle, Mademoiselle, Mademoiselle.

ANNE-MARIE

Je ne peux pas dormir.

AGRÉABLE, *il sort du lit tout habillé.*

Comment ?

ANNE-MARIE

Je ne peux pas dormir. C'est aujourd'hui.

AGRÉABLE, *il se chausse et enfile un chandail.*

Le mariage, le mariage, le mariage.

ANNE-MARIE

Est-ce déjà le matin ?

AGRÉABLE

Cinq heures.

ANNE-MARIE, *elle s'assied sur le lit.*

Tu te demandes pourquoi j'ai accepté, n'est-ce pas ? Je n'ai pas accepté. C'est la faute de Dile. Il l'a voulu ! Il le regrettera ! Trop tard ! *(Silence.)* Agréable… va chercher Dile.

AGRÉABLE

Où ?

ANNE-MARIE

En face. Dans le grand appartement au-dessus du restaurant chinois. Il dort là… je n'ose pas y aller… Dis-lui de venir… je veux lui parler. *(Agréable va pour sortir.)*… Et tu resteras ici pendant que je lui parle. Je ne veux pas être seule avec lui.

Agréable sort. Anne-Marie va vers le miroir, arrange ses cheveux, se rajuste, puis va vers la fenêtre et l'ouvre. On entend le vent. La ville n'est pas encore éveillée. Les bateaux dans les docks fatiguent les amarres. Anne-Marie va vers Fenêtre, la porte près du miroir. Elle se regarde et se compare longuement à elle.

SCÈNE II

Agréable revient, suivi de Dile en pyjama, un manteau jeté sur les épaules.

ANNE-MARIE

Dile, je ne peux pas dormir. *(Avec élan :)* Nous faisons une bêtise.

DILE

Une bêtise ?

ANNE-MARIE

Il est encore temps de dire non.

DILE

Mais tu as dis oui.

ANNE-MARIE

Quand j'ai dit oui à Josty… c'était par défi… je croyais… que tu… m'empêcherais…

DILE

Allons, bon ! Je recommence à tout expliquer. C'est pourtant facile à comprendre.

ANNE-MARIE

Je suis malade de chagrin.

AGRÉABLE

Quand on a du chagrin, il suffit de penser très fort à ce qu'on aime… et le chagrin s'en va.

DILE

Tais-toi, Agréable. C'est précisément ce qu'il ne faut pas faire.

ANNE-MARIE

Je ne pourrai pas vivre avec Josty.

DILE

Tu veux vivre avec moi ?

ANNE-MARIE

Oui.

DILE

Je n'ai pas d'argent.

ANNE-MARIE

Mais qu'est-ce que l'argent...

DILE

Comment vient l'argent ?

ANNE-MARIE

Je ne sais pas.

DILE

En travaillant comme une bête pendant quarante ans. Quand on l'a, il est trop tard.

ANNE-MARIE

Partons ensemble.

DILE

Pas de vie médiocre. D'abord beaucoup d'argent. Tu seras très riche par Josty. Plus tard nous vivrons ensemble. Je la vois, notre vie… un luxe profond. Un salon. Il y aura, devant l'âtre, une statue de cristal à ton image. Nous regarderons pendant des heures les reflets du feu s'y jouer.

AGRÉABLE, *ravi.*

C'est joli… c'est joli… c'est joli…

DILE

Une vie de feu et d'or… de mes caresses naîtront les mêmes étincelles entre la soie et la laine fine. Une vie sans pesanteur. Une vie du 26 février. Nous marcherons dans la rue du côté où il y a du soleil. Tu as des violettes dans les yeux, tu ris en te regardant dans les vitrines et jamais nous ne deviendrons vieux.

ANNE-MARIE

Mais tu consens.

DILE

Quoi ?

ANNE-MARIE

Josty et moi.

DILE

Pas d'importance.

ANNE-MARIE

Je ne pourrai pas !

DILE

Josty, lui, t'aime beaucoup. Et, pour la chose... Eh ! bien, les femmes sont adroites... pour éluder... tu sais bien... un soir, tu seras fatiguée... un autre soir, tu diras...

ANNE-MARIE, *elle le coupe d'une voix un peu tremblante.*

Tu me donnes de bons conseils ! N'est-ce pas, Agréable ? Il me donne de si bons conseils !

DILE, *se méprenant.*

Tu auras mon cadeau quotidien.

ANNE-MARIE

... et, j'oubliais, le cadeau quotidien. Cela m'aidera beaucoup. Et puis je te verrai, Dile ?

DILE

Tous les jours.

ANNE-MARIE, *même jeu.*

C'est vrai, pas d'importance... j'aurai deux hommes... mieux vaut deux qu'un, n'est-ce pas, Dile ? trois même... j'aime bien Agréable... quand je serai seule, si cela arrive. *(Elle se tourne vers Agréable.)* Viens me regarder dormir... *(Agréable se lève, interdit.)* Tout sera très facile *(Silence.)* et quand je verrai les yeux de Josty, tout près, tout près, ses yeux déteints et que je sentirai son haleine de vieux sur moi… et sa figure boursouflée comme un gâteau au sang *(Elle sourit à Dile.)*, je penserai à toi, vile, et à ton cadeau quotidien. *(Dile semble interdit. Silence. Anne-Marie, alors, laisse éclater sa colère.)* C'est décidé. J'épouse Josty ! Tu l'auras voulu ! *(Elle crie :)* Va-t'en ! Je ne veux plus te voir. Finalement, je le choisis, Josty, parce qu'il est mieux que toi !

DILE, *il va pour sortir, très calme.*

Pourtant, tu verras, Anne-Marie, j'ai raison.

Il sort. L'obscurité se fait sur scène. Courte pause.

SCÈNE III

Feroë et Josty.

À midi le même jour, après le mariage. Le lit a disparu. La girouette porte un ruban blanc et le bouquet de cannes est orné de faveurs. Josty est vêtu d'un complet sombre et porte une fleur à la boutonnière.

JOSTY

Feroë, Feroë, il faut m'aider.

FEROË

Oui, Josty.

Elle a près d'elle un panier de bouquetière, où sont rangés des sachets d'herbes séchées. Elle en tend un à Josty.

JOSTY

Le bonheur... le bonheur va entrer... et je veux le savoir sans arrêt.

FEROË

Quoi ?

JOSTY

Le bonheur, qu'il est ici, tout le temps. *(Silence. Il respire le parfum du sachet d'herbes et le rend à Feroë. Elle lui en tend un autre.)* Je ne dormirai plus, car pendant le sommeil on oublie qu'on est heureux. *(Il respire le parfum du sachet.)* Délicieux... ce parfum me rappelle... me rappelle... d'où vient-il ?

FEROË

Trèfle séché. Je l'ai cueilli près de la digue de l'Escaut, à Lillo. Tu ne seras plus jamais heureux.

JOSTY

... me rappelle... trèfle dis-tu ?... cela sent... *(Il lui tend le sachet.)* Ça ne te dit rien ?

FEROË, *elle hume.*

Oui. *(Silence.)* Il est trop tard. Parle de cela à ta femme.

JOSTY, *il insiste.*

Quoi ? Qu'est-ce que cela te rappelle ?

FEROË

Nous. Les champs près de l'Escaut, sans un arbre... nous pêchions l'anguille dans les fossés... et après, sur le talus... couchés dans le trèfle...

JOSTY, *le souvenir vient à lui et le ravit.*

Tu étais fameusement rose. *(Il rit.)* Sais-tu, Feroë, qu'après toi, il n'y a plus eu de femme ?

FEROË

Il y en a une maintenant.

JOSTY

Je travaillais. *(Silence.)* J'étais parfois pris de panique là-bas. Est-ce que les choses m'ont attendu, est-ce que les choses seront encore là ? *(Sa voix se fait angoissée.)* Est-ce qu'elles me reconnaîtront ?

FEROË

Non. Rien ne te reconnaît.

JOSTY, *il s'écarte d'elle.*

Dans quelques instants je serai heureux… comment as-tu trouvé Anne-Marie, ce matin à l'hôtel de ville ?

FEROË

Elle a dit oui en regardant Dile.

JOSTY

Pourquoi, crois-tu…?

FEROË

Je ne sais pas…

JOSTY

Elle veut me voir avant le repas de noces. *(Un temps.)* Elle vient à moi…

FEROË, *ironique.*

Elle a vingt ans...

JOSTY, *sans répondre.*

J'ai dit: le repas de noces à deux heures.

FEROË, *avec colère.*

... et toi, tu en as soixante...

JOSTY, *il ne répond pas.*
Il prend un autre sachet.

Oh! Celui-ci...

FEROË

... Elle vit...

JOSTY

... un parfum exalté...

FEROË, *tristement.*

... Toi et moi nous avons vécu...

JOSTY, *humant le sachet.*

... Attends... je me souviens...

FEROË, *hésitante, en déroute, mais dans sa voix il y a aussi comme une vengeance.*

... Tu mourras bientôt...

Josty se dresse, saisi d'angoisse. Il se domine pourtant, se rassied, reprend le sachet et en respire le parfum.

JOSTY

… Soirées de juin… je suis en bras de chemise… je me promène. La nuit tombe sur moi. *(Raptus.)*

FEROË, *à mi-voix.*

Josty… *(Angoissée :)* Josty… *(Un appel.)* Josty !

JOSTY

La nuit…

FEROË, *des larmes dans la voix.*

Pardon… tu vivras encore longtemps, j'en suis sûre… *(Elle prend le sachet.)* Du tilleul… je l'ai cueilli dans cette petite cour… tu sais… derrière la cathédrale. *(En un élan.)* Josty ! nos souvenirs, nos souvenirs à nous deux ! *(Silence. Triste :)* Elle te trahira.

JOSTY

Je puis encore rendre une femme heureuse. Pendant mon enfance, j'étais comme un mur au soleil. Maintenant que le soir est venu, je dégorge la chaleur du jour… et si je la vénère ? Si je la porte ? *(Silence, puis sur un autre ton :)*… ceux-ci, je n'en ai plus besoin. *(Il écarte quelques sachets.)* Le trèfle d'abord.

FEROË

Tu n'aimes que ton souvenir, tu habilles ton souvenir en jeune fille, tu lui fabriques une fausse vie… et moi qui suis là devant toi, tu…

JOSTY

Mets-le dans le coussin rouge *(Feroë défait le coussin et y glisse le sachet de trèfle.)*... et le coussin... *(Il regarde autour de lui. Il attache le coussin au dossier d'un fauteuil.)* Mais qu'est-ce que je lui dirai ? *(Josty s'assied, met la tête dans le coussin et en respire le parfum.)* Oui... *(Il ferme les yeux.)*... je sens... couché dans les champs... je vois glisser les nuages *(Silence.)*... quand Fenêtre sentira ce parfum, peut-être entendra-t-elle l'alouette... *(Il se lève.)* Le tilleul. *(Feroë prend le sachet de tilleul.)*... dans le coussin bleu. *(Feroë obéit. Josty prend le coussin.)* Oui... *(Il pose le coussin sur le divan.)* Là... *(Il sourit.)* Je me suis marié avec mon enfance. Maintenant il faut que je trouve les mots qui conviennent, pour la persuader, profondément, de devenir mon souvenir même...

FEROË

Tu ne trouveras pas.

JOSTY

Feroë, il faut m'aider.

FEROË, *avec douleur.*

Oh ! Josty !

JOSTY

Pendant que je parlerai à Fenêtre, tu écouteras.

FEROË, *avec douleur.*

Moi ?

JOSTY

Oui. Derrière la porte.

FEROË, *surprise.*

Où ?

JOSTY

Et quand je parlerai… si ce que je dis ne convient pas, tu frapperas à petits coups à la porte.

FEROË

Moi ? Écouter ! Pendant que tu lui parles… à elle ?...

JOSTY, *avec chaleur.*

Sans bouger comme pour prier. *(Avec une voix étrange et un petit rire :)* Prie pour moi… Feroë *(Elle hésite et le regarde.)*, et retiens tout ce qui se dira ici… Tout ! Cette nuit, tu me le rediras… car les bonnes choses, je veux les avoir deux fois.

FEROË

Oui, Josty. Je te redirai chaque parole selon son parfum. Ce qui est vrai. Ce qui est faux. *(Presque dure :)* Je ne changerai rien à ce que j'aurai entendu.

JOSTY

Elle sera douce, la vérité.

Feroë sort.

SCÈNE IV

Josty seul, Feroë derrière la porte, puis Anne-Marie.

JOSTY

M'entends-tu, Feroë? *(Feroë frappe à la porte à petits coups irréguliers et timides. Il s'approche de la girouette.)* Et maintenant, Feroë, m'entends-tu? *(Petits coups sur la porte. Josty, distraitement, fait gémir la girouette.)* Il y a de nouveau grand vent sur Anvers, aujourd'hui... A-t-on mis les voiles grises? *(Petits coups.)* Un cordage bat contre la cheminée... Le vent... et moi dans la maison. *(Il sourit.)* Je suis seul, en sécurité... *(Silence.)* Je suis en sécurité... *(Il crie:)* Je suis en sécurité! *(Il appelle:)* Anne-Marie!... Anne-Marie!

Feroë ouvre la porte et court vers lui.

FEROË

Je ne puis pas... Josty... je t'en prie... En sécurité? Oui, en sécurité, à nous deux... à nous deux! Josty! Nous avons quelques années devant nous... nous mourrons ensemble...

JOSTY, *il appelle.*

Anne-Marie!

FEROË

... Dans la paix... ce que nous avons commencé il y a tant d'années... tout cela s'accomplit et s'apaise aujourd'hui. *(Anne-Marie entre. Feroë la regarde avec colère et mépris.)* Cette fille... le mensonge, la saleté de la jeunesse.

Feroë sort. Josty s'approche d'Anne-Marie et veut la prendre dans ses bras.

ANNE-MARIE, *violente.*

Non !

JOSTY

… Fenêtre.

ANNE-MARIE

Ne m'appelez pas Fenêtre. *(Ils se mesurent un instant du regard.)* Alors voilà.

JOSTY

Voilà.

ANNE-MARIE

Nous sommes mariés.

JOSTY

Oui.

ANNE-MARIE

Définissons tout, bien clairement. Maintenant. Après nous jouerons le jeu, puisque les hommes disent que tout est un jeu.

JOSTY

Je te déplais ? *(Elle ne répond pas.)* Alors quoi ?

Il s'approche de nouveau d'elle.

ANNE-MARIE, *elle s'écarte vivement.*

Non !

JOSTY, *en tremblant un peu.*

Alors, pourquoi as-tu accepté de te marier? *(Silence, puis soudain avec violence.)* Mais tu ne comprends donc pas ce que je te donne? La ville à voile! J'ai peiné pour la capter. Peiné, peiné, peiné, peiné, peiné…

ANNE-MARIE, *coupant court.*

Ah! non. Je vous en prie… j'ai horreur de ça. Vous allez pleurer comme hier soir. *(Avec violence.)* J'ai horreur de ça! *(Elle crie:)* Pas me toucher!

JOSTY

N'aie pas peur… assieds-toi là… là…

Il la fait asseoir dans le fauteuil au coussin rouge.

JOSTY, *doucement, il appuie la tête d'Anne-Marie contre le coussin.*

Voilà… comme ça… respire… le parfum… tu ne veux pas?... Le trèfle…

ANNE-MARIE, *avec difficulté et détresse.*

N'avez-vous pas deviné que j'ai un secret? C'est difficile à avouer…

JOSTY

Tais-toi! Rien dire. Non, non. *(Alors très vite comme s'il entrouvrait une porte défendue qu'il referme aussitôt.)* Il faut faire semblant, semblant, semblant, semblant. Et jamais, jamais, ne jamais s'avouer la vérité. Faire semblant! Semblant! car si on entrevoit, ne fût-ce qu'un bout des choses telles qu'elles sont, telles qu'elles sont vraiment, alors tout est, est, est insupportable. *(Doucement.)* Appuie la tête contre le coussin… respire… *(Silence.)* Tu n'entends rien ?... l'alouette…

Il se penche vers elle. Silence.

ANNE-MARIE, *à Josty avec surprise.*

Comme vous êtes vieux.

JOSTY

Respire.

ANNE-MARIE

Quoi ?

JOSTY

Le parfum ?

ANNE-MARIE, *elle se lève et parle avec de plus en plus de violence.*

À qui la faute ? Pas à moi en tout cas. On ne m'a pas demandé mon avis ! Il l'aura voulu, Dile ! Je resterai, mais je vous déteste. Et vous ne me toucherez pas. Faire semblant ? Pas moi ! À mon âge on n'a pas besoin de faire semblant. Du matin au soir je dirai la vérité. C'est vous qui l'aurez voulu ! Vous savez ce que vous êtes ? Un sale vieux type ! Puant !

JOSTY

Écoute-moi…

ANNE-MARIE

… et je subirais vos sales mains, votre sale bouche !

JOSTY

Je vais t'expliquer !

ANNE-MARIE

Expliquer ! Pas besoin d'explications ! Je vous ai déjà compris, figurez-vous ! Le dégoût, ça se sent…

JOSTY

… te supplier, Fenêtre !

ANNE-MARIE

… ça se vomit. Et assez de vos grotesques « Fenêtre » ! Les vieux ne comprennent jamais rien. Je vous dirai une chose très très simple, peut-être alors m'entendrez-vous ! Moi ici. Vous là. Voilà notre mariage.

Silence.

Josty s'approche d'Anne-Marie et la prend par le poignet.

ANNE-MARIE, *se dégageant. Froide.*

Ah ! non ! Pas ça !

Josty la pousse vers le divan.

ANNE-MARIE

Josty, non ! Josty !

Josty la fait tomber sur le divan, ils luttent. Elle crie, elle essaye de le repousser, puis on voit ses bras faiblir et retomber. Silence. Il s'écarte presque aussitôt. Elle se relève à demi. Terrorisée, elle n'ose pas bouger.

JOSTY

Va-t'en *(Il crie.)* Va-t'en !

Elle se lève, traverse la scène en courant et sort par la porte qui mène à sa chambre.

SCÈNE V

Josty, seul, au milieu de la scène, immobile, avec son expression d'angoisse.

Feroë entre.

FEROË, *suppliante.*

Josty ?... Josty ?... reviens… mon Josty, reviens !... je suis ici… reviens…

JOSTY

Tout est de nouveau si loin.

FEROË

Je suis là…

JOSTY

Anne-Marie comme une bête sous moi, qui se débat et puis… mollit.

FEROË

Josty… reviens.

JOSTY

Je n'avais qu'à prendre… Anne-Marie est une femme… rien de plus.

FEROË

… Je suis là…

JOSTY

Chaque souvenir est un sanglot.

FEROË

Ici, près de toi.

JOSTY, *avec désespoir.*

Tout est raté. Je n'ai rien retrouvé ! Rien ! La ville à voile n'existe plus. *(Avec colère.)* Et cette sotte fille ! Qui dit oui à la bête. Oui, oui, oui à la bête, rien qu'à la bête.

FEROË

Josty… mon petit Josty… je suis ici, moi. Quand tu es parti autrefois… j'ai essayé de t'oublier. J'ai passé mes saisons à vendre les herbes parfumées. Au printemps et en automne, j'avais des amants. Le dimanche, je me promenais dans la rue. Je voyais les voiles sur les toits. Les amants sont partis, les voiles aussi. Et la ville éclairée au néon est devenue de plus en plus sombre… Depuis que tu es ici, j'ai l'impression d'être revenue dans notre chambre… tu te souviens ? notre chambre tout éclairée de ses rideaux blancs et qui sentaient frais le savon… Ma vie est un long escalier qui mène à cette chambre-là… et nous y allons ensemble. Josty, Feroë sont nos enfants… Ils nous attendent dans cette chambre. Je les vois, presque comme s'ils étaient vrais.

JOSTY

Feroë, est-ce que j'ai l'air malade… est-ce que…

FEROË, *elle fait non, de la tête, puis, inquiète.*

Josty... reviens... reviens...

JOSTY

Je me souviens... oui... comme si c'était encore là... je montais l'escalier comme on s'envole... Je poussais la porte... et tout à coup, la lumière blanche à travers les rideaux et dans cette lumière blanche...

FEROË, *à voix basse.*

Moi...

JOSTY

... une femme de vingt ans qui s'appelait Feroë... oui! c'est cela que je prendrai... tous les autres souvenirs m'étranglent. *(Silence.)* Je suis trop près, ici! *(Silence.)* Feroë, partons! Cette fois, le bonheur, nous allons le trouver! Partons. Partons, je te dis! Le plus loin possible... Bornéo! J'ai là-bas une maison. Nous irons sur la terrasse, le soir, quand la mer se déchire comme de la soie... mais nous... nous regarderons au loin. Nous rêverons à la ville à voile où vivent nos deux enfants. Tu diras des phrases, au hasard. Tu diras: te souviens-tu, Josty...

FEROË, *entrant dans le jeu.*

Te souviens-tu, Josty, en été nous ouvrions la fenêtre et nous entendions la musique monter jusqu'à nous par bouffées?

JOSTY

Viens, Feroë... partons tout de suite... avant la noce. *(Il regarde autour de lui.)* Cimetière!... *(Ils vont pour sortir.)* Nous prendrons l'avion... À Bornéo, nous trouverons le moyen.

FEROË

… comme nous nous sommes trouvés…

JOSTY

Nous ? Non, Feroë. Il faut que tu comprennes… je ne te cherche pas toi… je cherche, comprends-moi bien… je cherche… non, pas toi ! Je cherche… là… tu… Quoi ?... « La ville à voile ».

Feroë le regarde avec tristesse. L'obscurité se fait sur scène. Ils sortent.

FIN DU IIIE ACTE

ACTE IV

Même décor, deux heures plus tard.

SCÈNE I

Paysage, M. Roi, Fram, Dile.

On entend le piano mécanique, des rires et des applaudissements. La lumière se fait lentement. La table est dressée pour le repas de noces. Brouhaha. Paysage, déjà un peu ivre, chante sur un air sautillant, tel par exemple celui de la fameuse chanson de Charles Trenet : « Monsieur, Monsieur, vous oubliez votre cheval ».

PAYSAGE, *elle chante.*

Coiffé d'un large pédestro
Vêtu d'une veste à barreaux
Bardé d'horlottes éphémères
Hier, dans une boîte de nuit
On vit s'arrimer seul, sans bruit,
Un homme paré d'étagères
Son bief brillait de hoquets verts
Avec des reflets de ventouses

Sa voix prenait la march(e) arrière
Comme une vrai(e) motocyclouse
Un peu plus tard quand il sortit
En crachant son bel œil de verre
La dame du vestiaire lui dit
Cette phrase très singulière :
Monsieur ! Monsieur !
Vous oubliez votre pendule
Ne laissez pas ici çte mandibule

Je n'aim(e) pas ça quand ell(e) pullule

Monsieur ! Monsieur !
Un Westminster dans un vestiaire
C'est pis qu'un os dans un cimetière
Ou que le doigt dans un notaire

Et ça fait tic-tac
Et ça fait bing-bang
Comme un vrai cannibale en cage

Et ça rong(e) le temps
Et ça bouff(e) les ans
Et ça sonn(e) sans arrêt mon âge !

Monsieur ! Monsieur !
J'en ai assez d'çte mandibule
Reprenez vite votre pendule.

Fin de la chanson. Applaudissements de tous. Ils boivent du champagne.

DILE

Madame Roi ! Bis ! Bis !

M. ROI

Non !

FRAM

Oui !

PAYSAGE, *déjà ivre, très aérienne.*

Dire qu'ils sont mariés.

DILE

L'amour se mesure au champagne. Madame Roi : bis !

PAYSAGE

Dire que ma fille et Josty en ce moment même. Comme moi, il y a cent ans.

M. ROI

Trente.

PAYSAGE

Cent !

M. ROI

En attendant qu'ils descendent, je vais entreprendre un toast.

FRAM

Ne gueule pas, ça m'empêche de boire.

DILE

Voilà une heure qu'on les attend.

FRAM

Moi, j'adore le champagne.

PAYSAGE

Je crois que.

M. ROI

Moi, je vais entreprendre un toast.

DILE

Trois heures déjà ! Nous vidons notre quinzième bouteille.

M. ROI

Entreprendre un toast.

DILE

Madame Roi, en attendant : bis !

M. ROI

… Entreprendre un je vais.

PAYSAGE

À moi !

M. ROI

Entreprendre un toast de circonstance, irconstance, circonvolence, circonscriptance.

PAYSAGE, *fort.*

M. Roi, à moi ! *(Tous se taisent. Ici commence le grand monologue de Paysage, délire en crescendo amoroso furioso.)* Fram ! Ma langue n'est plus attachée par le bout. Ma langue n'est plus un gros sale poisson ! C'est un oiseau maintenant. Le champagne l'a déliée.

FRAM

J'en suis ravi, chère Madame.

PAYSAGE

Délions-la tout à fait. *(Comme une «annonce» à son public.)* Exercices d'assouplissement: *(Elle prend son élan.)* Délions-la de là. Delidela – delidelo. Delidomi. Délilidolémi. Delidido. Délila dolalifalami. Délididi. Délidéli. Délidola. Dédé lélédidi. Li li li li li dirolo. Drrrrolo-rediloropolapalilapalidi. *(Exclamations d'approbation. Dite verse un verre de champagne à Paysage.)*

M. ROI, *profitant du temps que met Paysage à vider son verre.*

Un toast de circonstance à cette union, conjonction, conjugaison et à notre réconciliation dans le giron.

PAYSAGE *d'un geste désinvolte, elle jette son verre vide à Dile qui l'attrape au vol.*

À moi! *(Elle prend son élan.)*... Dans le giron, biron, biberon de l'immense fortune de Josty qui désormais ira à ma fille avec un embranchollement de mon côté. *(À M. Roi.)* Et maintenant tais-toi. *(Elle annonce.)* Situation: Primo. La jeune mariée, ma fille ci-devant habillée et agrafée, désormais dégrafée et désamarillée. Secundo. Le vieux marié Josty, qui, si je comprends bien, aurait pu être l'arrière-grand-père de Monsieur Roi qui lui-même aurait pu être en ligne directe son arrière-petit-fils tout en étant le beau-père de sa fille dont Josty aurait pu être à la fois le mari tout en étant son propre aïeul.

M. ROI, *choqué.*

Pu être! Pu être! Comment pu être?

TOUS

Oui! Oui! etc.

PAYSAGE

Tertio. Moi et M. Roi, riches à jamais. Le tout est une question de. Et pas du tout de. Quoiqu'un peu de. Je me souviens, moi du jour de mon. J'avais dix-huit ans et Monsieur Roi en avait déjà cinquante ou quatre-vingts ou quelque chose comme ça.

M. ROI, *de plus en plus choqué.*

Comment « ça »… quelque chose comme ça ? ça !

PAYSAGE

Monsieur Roi était beaucoup moins bien que. Car j'en avais déjà eu sept. Cinq tout à fait et deux pas tout à fait. Donc, je pouvais comparer. Monsieur Roi, c'était pas mal, mais ce n'était pas si que ça. *(Dile lui tend un verre qu'elle boit.)*

M. ROI, *triste.*

Tu ne m'avais jamais dit ça. *(À Fram, d'une voix éteinte.)* C'est vrai, jamais elle ne m'a dit ça.

FRAM

Ne gueule pas. Tu m'empêches de boire.

PAYSAGE, *elle jette son verre vide à Dile.*

Parlons de l'avenir. Nous sommes riches. Mon avenir est doux et voluptueux. *(Elle regarde Dile.)* Dès demain, je me choisis un amant dans ton genre.

M. ROI

Tu ne m'avais jamais dit que…

PAYSAGE

À présent qu'Anne-Marie est mariée, on peut. Je peux. Mon amant et moi nous irons en voyage ! *(Applaudissements.)* En bateau. Un navire luxueux de luxe. Dès le premier jour il y aura. Dès le. Matin champagne dès le. Vagues aussi dès le. Dès le. Vague et houle. Hou ! Hou ! Hou ! Tout est une question de. Dès le ! Au grand large. Sans arrêt mon amant : à chaque instant, tout le temps. Tout le long du dos, le long des jambes, le long des côtes, tout le long de le, dès le. Delidela dodo. Hou ! Hou ! Vent, hublot, horizon bas, horizon haut et nous horizontaux tout le long de notre tout, couché tout, toute, du cou au genou hibou mon chou. Clouchés l'un clontle l'autle tout le temps, tout tout tout contle toi contle moi.

M. ROI, *défait.*

Madame Roi tu ne m'avais jamais dit ça.

PAYSAGE

Après on a faim. Stewart ! à manger ! Et alors : tout le temps caviar, maviar, croqueviar, truites frites et coulis de canard. On est bien installé à cali à câlin à califourchon sur la couchette, tlès, tlès, tlès étloite la clouchette luxuliante de notre bateau de luxe et exige que nous nous couchions en strates superposées. Embrasse-moi. Ratatouilles niçoises, petits poussins flambés et petit veau, baisers. Kwââ, Kwââ, Kwââ, Kwââ. Ce sont les mouettes qui frôlent notre Hû-blot. Et voilà les truffes aux œufs truffés de truffes. Hou ! Hou ! *(Très vite, comme si elle donnait des baisers.)* Truffes, truffes, truffes, truffes, truffes. Château Margot mont petit châtbois ! Margot-got ! et puis avec le tur, le tuur, viens ici petit bisou avec le turbot, Pouilly Fuissé, fuissé, fuissé, fuissé, encore, vaurien va-t'en, reviens.

Clic, clic, clic, clic. Bjûû, bjûû, c'est les embruns, comme on dit et les lèches des vagues sur le hublot à droite, à gauche, dessous, dessus, partout, toujours, jamais, et moi et toi. *(Très vite comme si elle donnait des baisers.)* Truffes, truffes, truffes, truffes, truffes, Château Margot. Bois mon petit chat, bois du marcheau targot et puis avec le tur, le tûûûr, viens ici : petit bisou, bois avec le tûûrbot, Pouilly Fuissé, fuissé, fuissé, fuissé encore, vaurien va-t'en reviens, non va-t'en ! Ah ! reviens. Clic, clic, clic. Bjûû, bjûû, c'est les embruns et les lèches des vagues, sur la vitre du hublot du hûû, hû-ûû-hû-belot à droite, à gauche, toujours, jamais, et moi et toi tout le temps viens contle moi mon loup tlout, tlout, tlout, tlout, contle moi mon loup tlout petlit loup chélit à moi tloûoû, tloûoû, tloûoû le temps. *(Prise d'angoisse, et en une sorte de prière.)* Voilà comment ce sera. *(Elle s'arrête, vidée. Silence.)* Voilà comment ce sera. *(Elle est soudain triste.)*

M. ROI

Madame Roi, tu ne m'as jamais dit cela.

PAYSAGE, *à Dile qui lui remplit son verre.*

Non, assez ! *(Elle hume le verre.)*

M. ROI, *brusque colère.*

Mais qu'est-ce qu'ils foutent là-haut ?

FRAM

Roi, ne gueule pas, ça m'empêche de boire.

PAYSAGE

À moi. Fais marcher le piano.

M. ROI

Bonne idée, ça les fera descendre. *(À Fram :)* Ouvrez la porte pour qu'ils entendent.

Fram obéit. Roi va au piano et le remonte.

FRAM

Moi, j'adore le champagne.

DILE

Moi aussi. *(Il mire son verre dans la lumière.)* J'y vois un petit soleil vif.

M. Roi met le piano en marche.
Musique à trous.

PAYSAGE

Tu n'as pas de musique sans trous ? Pouilleux pour un mariage.

FRAM, *buvant.*

Moi, c'est surtout le picotement qui me plaît… cela noue la bouche autour de son plaisir.

M. ROI

Picotement, fricotement, plissotement, gigotement.

Il va vers la girouette et la fait grincer.

PAYSAGE

Toi, tu as.

M. ROI

Non ! Est-ce que c'est vrai que tu en as eu sept ?

FRAM

Où est Feroë ?

PAYSAGE

À moi. Où est ?

M. ROI

Dis, Madame Roi, sept ?

DILE

Et Agréable ?

M. ROI, *il fait grincer la girouette.*

Un peu de girouette ! Ça fait descendre les mariés. *(À Dile :)* Agréable ? Il est allé chez le traiteur.

PAYSAGE

Ma fille se marie. Je pleure ? Il faudrait que je.

M. ROI

Mais non, voyons, c'est un mariage d'argent.

PAYSAGE

C'est la musique qui me donne le hoquet.

FRAM, *il vide son verre d'un coup.*

Paysage, je vous aime.

PAYSAGE

Allons, allons. Ça va.

FRAM

Si, si, je vous aime. La vie est profondément morale. Je vous emmènerai dans ma Rolls. Je l'ai depuis ce matin. Elle est là devant la porte et tous les gamins du quartier autour. Josty paiera la facture.

M. ROI

Moi, je lui ai vendu d'énormes terrains, à Josty. Au nord d'Anvers. Près du nouveau port. Deux cents hectares. Gigantesque affaire pour moi. À la fin du mois la facture!

PAYSAGE

Dire que je vais devoir quitter mes paysages!

M. ROI

Je serai très riche. Madame Roi, ça changera ta considération, ta considéralisation vis-à-vis de moi.

DILE

J'ai faim.

FRAM

Mais qu'est-ce qu'ils foutent là-haut?

PAYSAGE

Ça me fera quelque chose de ne plus vivre ici.

DILE

À table!

M. ROI

On n'attend pas les mariés?

DILE

À table ! Je ne parviens pas à retenir mon discours…

PAYSAGE

À moi ! *(Ils regardent tous Paysage en attendant qu'elle parle, mais elle, bouche bée, ne trouve rien à dire, puis à plat :)* Oui ! Oui !

Paysage, M. Roi et Fram s'asseyent.
Dile se met debout sur sa chaise.

DILE

Chère madame Josty.

Il se tourne vers Fenêtre, le mannequin.

TOUS

Oui ! Oui ! Très bien !

DILE, *avec un rire moqueur.*

Je connaissais Anne-Marie, avant qu'elle devienne une fenêtre.

PAYSAGE

Maintenant qu'elle est mariée, je trouve ça très drôle !

Elle rit.

M. ROI

Je sens que je deviens, in petto, tout doucement une trompette !

DILE, *coupant et ironique.*

Pour moi, tu restes Anne-Marie du 26 février à qui j'apportais de temps en temps un cadeau quotidien.

M. ROI, *il crie.*

Quotidien hebdomadaire !

FRAM

Champagne.

PAYSAGE

À moi ! Encore !

DILE, *dominant le tumulte.*

Regarde, Anne-Marie, ce que je t'ai apporté aujourd'hui !

PAYSAGE

Qu'est-ce que c'est ?

Dile entrouvre une boîte d'allumettes.
Tous se penchent sur la boîte.

M. ROI ET FRAM

Montre.

DILE, *avec une ironie féroce.*

Un peu de soleil marin que j'ai volé pour cet hiver.

PAYSAGE

À moi ! C'est joli. *(Elle pleure.)* Le champagne me rastriste.

FRAM

Mais qu'est-ce qu'ils font là-haut ?

PAYSAGE

Peut-être que.

M. ROI

Je ne crois pas.

PAYSAGE

Je me demande si Josty m'appellera Maman. *(Elle pleure.)*

M. ROI, *au mannequin.*

Dis merci. Quand on reçoit du soleil marin, on dit merci.

Tous rient, sauf Paysage.

PAYSAGE

Tout est une question de. Et moi ? *(Elle pleure.)*

FRAM, *très ivre.*

On va baptiser la mariée au champagne ! *(Brouhaha.)* Ça lui fera des picotements.

DILE

Sur la table.

M. ROI, *il crie.*

Elle se sentira dans son assiette !

Brouhaha. Fram et Dite prennent le mannequin, le jettent et l'étendent sur la table dans un bruit de vaisselle cassée. Cris et rires. Fram saisit une bouteille.

FRAM, *il crie.*

On la baptise de la tête aux pieds. *(Il verse le champagne sur tout le corps du mannequin.)* Ça fertilise.

Rires.

DILE, *il crie.*

Et maintenant prenons les dispositions pour les voyages de noces ! Josty reste à la maison avec Fenêtre. *(Rires.)* Elle est un peu humide maintenant, mais ça ne fait rien. Anne-Marie et moi, nous irons à Ostende.

Rires et bravos.

PAYSAGE

Maintenant que je vous connais mieux, Dile, je vous aime.

Elle pleure.

FRAM

Là, là, ils seront heureux à Ostende.

PAYSAGE

Et moi ?

FRAM

En Rolls, avec moi. Petit voyage à deux.

M. ROI, *fâché.*

Et moi, je me tape la fille de Krammelik alors ?

FRAM

Mais qu'est-ce qu'ils foutent là-haut ? Je vais voir.

Il sort.

DILE

Des voyages de noces permutés.

M. ROI

Permutés, réassortis, barbicoulés, tête-bêche et cassés-croisés. Je deviens tout à fait une trompette royale.

PAYSAGE

Toi, tu as. *(Elle crie.)* Chaque fois qu'il a bu, il devient une trompette !

M. ROI

Je vous propose de faire irruption dans leur chambre ! Irruption, siruption, partition, infraction, avec du champagne, comme ça : taratata !

SCÈNE VII

Les mêmes, plus Anne-Marie.

Anne-Marie entre, suivie de Fram. Tous applaudissent et crient.

DILE

Tiens ! mon cadeau quotidien.

Il la prend par le bras, elle se dégage.

M. ROI

Où est ton mari, fillette ? Déjà hors de combat ? Comme c'est bien !

FRAM

Je l'ai trouvée assise toute seule sur son lit.

PAYSAGE

Anne-Marie, tu.

DILE

Mais où est-il alors ?

FRAM, *ivre.*

Mort peut-être.

PAYSAGE

Comme ce serait bien !

FRAM

La bête velue.

Paysage, sans être vue des autres, regarde sa langue dans un miroir de poche.

M. ROI

Chute dans le dock. Ou arrêt du cœur. *(Il crie :)* Trombone, thrombose, thrombidiose du myocarde. *(À Anne-Marie :)* Petite, est-il parti « après » ou « avant » ?

Elle se détourne.

DILE, *il s'approche d'Anne-Marie.*

Anne-Marie, Anne-Marie du 26 février, enlève tes yeux de décembre.

Anne-Marie l'évite.

ANNE-MARIE

Monsieur Fram, voulez-vous dire à Dile de ne plus m'ennuyer.

SCÈNE VIII

Les mêmes, plus Agréable.

Au moment où Agréable pousse la porte de la rue, tout le monde se retourne.

PAYSAGE

À moi ! Josty vous…

AGRÉABLE, *il rentre rapidement.*

Madame, Madame, Madame.

PAYSAGE

Quoi ?

AGRÉABLE

Josty est parti.

M. ROI

Comment ?

AGRÉABLE

Avec Feroë.

FRAM

Parti !

DILE

Des blagues !

AGRÉABLE

Je les ai rencontrés… Il m'a dit : « Je m'en vais, je n'ai retrouvé ni ma ville à voile…

PAYSAGE

Et nous ?

AGRÉABLE

Ni Fenêtre… »

PAYSAGE

Monsieur Roi, qu'est-ce que tu as ? Tu es tout pâle.

M. ROI

Les factures !

PAYSAGE

Combien ?

FRAM

Parti ? Et ma Rolls ?

M. ROI

Il y a tout. Tout à payer. *(Comme frappé par la foudre :)* Les terrains !

PAYSAGE

À moi. Quoi les terrains ?

M. ROI

J'ai signé !

FRAM

Des garnitures en vrai cuir !

M. ROI

... J'ai donné ma garantie. Deux cents hectares !

PAYSAGE

Ta garantie ?

DILE, *à Anne-Marie.*

Idiote ! Qu'est-ce que tu as fait ? Tu n'as même pas été capable de le retenir !

M. ROI, *il crie.*

Mais pourquoi a-t-elle laissé partir son mari ?

PAYSAGE, *à Anne-Marie.*

Eh ! bien ! je ne serais pas fière ! Toi vingt ans ! Josty cinquante-huit ! Et c'est lui qui fout le camp ! Josty.

FRAM

Une petite pourriture...

DILE

Ça ne se passera pas comme ça ! On les rattrapera. *(À Agréable :)* Imbécile, pourquoi ne les as-tu pas retenus ?

AGRÉABLE

Ils ont pris un taxi pour la gare.

DILE

Fram ! La Rover ! À la gare !

M. ROI

Qui aurait cru ça !

PAYSAGE

Une fille que je croyais dégourdie.

M. ROI

Une drinde, oui !

Dile, Fram, M. Roi et Paysage sortent.

SCÈNE IX

Anne-Marie et Agréable.

ANNE-MARIE

Qu'est-ce que je vais faire, maintenant ?

AGRÉABLE

Ils ne les rattraperont pas.

ANNE-MARIE

Qu'est-ce que je vais faire ?

AGRÉABLE

Ils ne les rattraperont pas, parce qu'ils ne vont pas à la gare. Josty et Feroë ont pris un taxi pour l'aéroport de Bruxelles.

ANNE-MARIE

Je ne savais pas que le chagrin venait comme ça… en même temps que l'humiliation.

AGRÉABLE

Quand on a du chagrin, il faut penser à ce qu'on aime. Moi, quand j'ai du chagrin, je viens la nuit dans votre chambre et je vous regarde dormir.

ANNE-MARIE

C'est cassé!...

AGRÉABLE

Moi, il ne me faut rien de plus que vous regarder! Je sens une boule qui gonfle en moi, dans ma poitrine, alors je cours dans votre chambre… je vois votre épaule nue… alors la boule éclate.

ANNE-MARIE

… Oui… cassé…

AGRÉABLE

Après… soulagé… comme s'il avait plu en moi. Je reviens ici m'étendre sur mon lit, les yeux ouverts dans l'obscurité. Et au lieu du plafond, je vois l'Escaut, qui coule, qui coule.

ANNE-MARIE, *brusquement agitée.*

Je ne veux plus les voir!

Elle ouvre un tiroir et y prend une serviette en cuir. Elle met son manteau. Elle sort.

AGRÉABLE

Mademoiselle, Mademoiselle, Mademoiselle. *(Sans répondre elle sort. Agréable revient vers le milieu de la scène. Il s'approche de la table, où Fenêtre est étendue. Alors d'une voix tendre et triste :)* Qu'est-ce que tu fais là, toi... tu t'es encore très mal conduite... *(Il la prend dans ses bras et lui caresse doucement les cheveux.)* Tu n'as pas honte ? *(Silence.)* Vous n'avez pas honte ? *(Silence.)* Mademoiselle, Mademoiselle, Mademoiselle.

RIDEAU

LA VITA BREVE

Pièce en treize épisodes

DISTRIBUTION

par ordre d'entrée en scène.

ST. JOB, *trente à quarante ans. Premier officier.*

LÉODYCK, *trente à quarante ans. Second officier.*

MESDEMOISELLES, *quarante à cinquante ans. Mère du Vélicouseur.*

LE CAPITAINE, *cinquante-six ans.*

LE VÉLICOUSEUR, *vingt à trente ans. Voix de haute-contre.*

HAMALISSA, *poupée, « mannequin pour marins ». Le rôle est tenu par une comédienne. Belle, « pulpeuse », tout en elle est volupté, sans rien de provocant. C'est la femme telle qu'on l'aimait en 1900.*

LORD L. L., *soixante à septante-cinq ans. Verte vieillesse.*

La scène est à bord d'un navire à la fin du XIX*e* *siècle.*

PREMIER ÉPISODE

Présence de l'océan.

Musique de la mer : lente ponctuation, présence de l'eau, silence de l'horizon.

Accoudés au bastingage, St. Job et Léodyck regardent la mer. Parfois, on entend les bribes d'un chant. Voix pure de haute-contre.

LA VOIX

Quelle histoire ! Quelle histoire !
La mer !
La mer !

ST. JOB

La passagère.

LA VOIX

La mer !

LÉODYCK, *visage émerveillé.*

Tu crois ? La passagère ?

ST. JOB

La passagère. Oui.

LA VOIX

La mer !

ST. JOB

Elle se fait appeler Mesdemoiselles…

LA VOIX

La mer nous entourait.

LÉODYCK

… J'aime.

ST. JOB

… Pourquoi ? Elle a embarqué à Anvers et s'est enfermée dans sa cabine. Neuf jours. Il n'y a pas d'autre femme à bord. C'est donc elle qui chante…

LÉODYCK

Il m'arrive une chose inouïe… Je ne l'ai jamais vue, et je l'aime.

LA VOIX

Le vent !

LÉODYCK

… Quelle voix !

LA VOIX

Le vent !

LÉODYCK, *avec ravissement.*

J'aimerais l'aimer ! Le jour s'étire. Juillet ! Ah ! Ces soirées qui ne sont ni jour ni nuit ! J'ai envie de la déshabiller. Maintenant. Ici. Oui.

ST. JOB, *moqueur.*

Eh bien, mon vieux ! Quand tu la verras…

LÉODYCK, *émerveillé.*

Moi… les femmes ! Toutes ! Elles sont…

ST. JOB

Quand elle est montée à bord suivie de ses trente malles…

LÉODYCK, *émerveillé.*

Trente malles !

ST. JOB

Je n'ai rien remarqué d'anormal. Elle a payé son passage. Elle m'a dit : « Vous ne me verrez pas beaucoup. » *(Un temps.)* C'est tout. *(Exaspéré.)* Elle m'a dit : « Appelez-moi Mesdemoiselles. »

LÉODYCK, *toujours émerveillé.*

Mesdemoiselles !

LA VOIX

Le vent pleurait ses loups.

LÉODYCK

J'aime.

ST JOB, *se tournant du côté d'où vient la voix, il hurle.*

Assez ! *(Avec dégoût :)* « Le vent pleurait ses loups… » *(Il crie.)* « Le vent pleurait ses loups ! » *(Une pause. Et puis, calmé.)* Je me suis mis à l'affût. Je n'ai pas réussi à la surprendre. Chaque fois que je m'approche : silence dans sa cabine.

LÉODYCK

J'écoute… j'aime… je laisse venir… je pense à… *(Un temps.)* La Vita Breve. *(Un temps.)* Il y a longtemps…

ST. JOB

Tais-toi ! Ça finira mal.

LA VOIX

Le vent pleurait ses loups.

LÉODYCK, *avec nostalgie, d'une voix douloureuse, émue.*

… Naples… Douceur. Douleur. Impossible. *(À St. Job.)* Une femme… Elle est morte. Mais c'est sa voix… tout à fait… et ça me… *(Sous-entendu : me bouleverse. M'émeut.)* Naples !

ST. JOB

Tais-toi ! Tais-toi ! Naples ! Naples ! *(Il glapit de sa voix la plus aiguë, longue épingle à chapeau que les femmes en 1900 enfonçaient lentement dans leur monstrueux chignon à travers leur monstrueux chapeau.)* Naples ! Nous allons à Naples, c'est entendu ! Nous y allons ! Oui ! À Naples ! Oui ! Assez ! *(Il a cassé sa voix et continue exaspéré, d'une voix grinçante et cahotante.)* Le beau temps ! Calme ! L'océan ! Calme ! Le ciel : calme ! Et le vent : calme ! Calme ! Le Capitaine ! Lui aussi ! Depuis neuf jours ! Je ne l'ai pas vu une fois ! « Le Capitaine Triste » comme on l'appelait. *(Dégoûté.)* Il m'a dit: «Je suis heureux.» *(Avec étonnement.)* Et il s'est enfermé.

LÉODYCK

Heureux? C'est bien simple. Il cache une femme. Pas celle qui chante. Une autre. Il couche. *(Il éclate de son vaste rire généreux.)*

ST. JOB, *soudain calmé.*

Tu es fou.

LÉODYCK

... Avoir une femme dans sa cabine. Délice des délices; l'océan, la houle, aimer, dormir, la houle, aimer, manger, l'océan, aimer, la houle, manger. *(Avec volupté.)* C'est bon! Bon! Bon! Une femme c'est du pain chaud. Moi, depuis le départ d'Anvers, hélas, «je n'ai plus vu la boulangère».

ST. JOB

Non. Le Capitaine ne cache personne. Une femme, ça parle, ça bouge, ça mange. Or, dans la cabine, on ne parle pas, bouge pas, mange pas, et puis il y aurait les vidanges. Or pas une bouteille de champagne vide. Rien. Le Capitaine renvoie les plateaux à peine entamés. *(Ils vont vers la porte du fond.)* Il y a longtemps, moi aussi j'ai rencontré le bonheur! Et le bonheur c'est quelque chose de très particulier. C'est immortel. *(Il crie.)* Immortel! *(Voix normale.)* Immortel, mais ça vous claque dans les mains pour un rien. J'ai connu ça! Moi! *(Avec haine.)* J'ai été immortellement heureux pendant deux heures.

LA VOIX

Le vent pleurait ses loups.
Ses loups amers
Le ciel!
Le ciel!

On entend les trois coups de cloche de la vigie. Musique de la mer. La cloison s'ouvre. Salon-antichambre de la cabine du Capitaine.

DEUXIÈME ÉPISODE

Le salon du Capitaine.

St. Job et Léodyck entrent.

LA VOIX

La mer a peur du vent
Le vent.

Léodyck va vers le hublot qu'il ouvre.
La voix est plus proche.

ST. JOB

Le Capitaine m'a dit, onze heures. *(Il ferme le hublot avec violence.)* Il est onze heures. J'ai glissé un billet sous la porte de Mesdemoiselles. Je l'ai invitée à se joindre à nous. Nous allons savoir.

LÉODYCK

Elle! Ici?

ST. JOB

C'est la coutume. Réunion chez le Capitaine. Nous sommes entrés dans l'océan.

LÉODYCK

... Elle ! Ici ! Je me sens... comment... oui... je me sens... *(Il est bouleversé.)*... Une femme qui a une voix si belle est, sans aucun doute, formidablement belle. Je les aime un peu lourdes. Pas trop pourtant. Un peu légères aussi. Celle-ci ne peut être que cruelle et douce... Toutes les femmes – même les plus laides – *toutes* ont quelque chose... même la plus disgrâciée... mais alors au lit, la surprise de la trouver *tout à fait* folle, et succulente, et fondante, et tendre. Et pas du tout, mais pas du tout timide...

Entre Mesdemoiselles.

ST. JOB

La voilà ! ... Mesdemoiselles.

MESDEMOISELLES

Monsieur St. Job...

Léodyck est déçu. Il a un haut-le-corps vite réprimé, tout trouble l'a abandonné. Presque moqueur.

LÉODYCK

Enfin ! Je la vois ! Mystérieuse passagère ! Ensorceleuse ! Prima donna des concerts du ciel !

MESDEMOISELLES, *feignant l'étonnement.*

Monsieur ?

LÉODYCK, *se présentant.*

Léodyck, second officier. Appelez-moi Léo.

MESDEMOISELLES

Où est le Capitaine ?

ST. JOB, *il va vers la porte du Capitaine. Il frappe à la porte.*

Capitaine ! Capitaine ! L'océan ! Nous sommes entrés dans l'océan et il est onze heures dix !

Il écoute à la porte.

LÉODYCK, *à Mesdemoiselles.*

Le Capitaine va venir et je vous aime ! *(Il rit de son vaste rire généreux. Mesdemoiselles fait semblant de ne pas l'entendre. Il tourne autour d'elle ne sachant comment l'accrocher.)* Il y a huit jours, à 18 heures 30, au large de Westcapelle, dans le Bas-Escaut, par un temps de lait, de miel, de bleu, et le parfum du limon venait de la terre, il y a huit jours… ça m'est tombé dessus : je vous ai entendue chanter. Là ! *(Il se frappe le ventre.)* Vous allez à Naples. Quel mystère ! Quel douloureux mystère ! Mais pourquoi vous cachez-vous ? Organisons un petit concert. Je jurerais que je vous ai vue un jour. Je ne vous reconnais pas. Mais quelle voix ! Cette voix, je l'ai *toujours* connue. Quel supplice depuis neuf jours. À chaque instant j'ai l'impression que je vais vous rencontrer et je me précipite dans ma cabine, je vérifie le pli du pantalon de mon uniforme neuf, je me parfume au patchouli !

Il tente de la prendre dans ses bras.

ST. JOB, *il crie.*

Capitaine ! L'océan ! Nous sommes entrés dans l'océan !

Il écoute.

MESDEMOISELLES, *écartant Léodyck.*

Mollo ! N'attelez pas la charrue avant les œufs !

ST. JOB, *il s'approche d'eux l'air soucieux.*

Je crois que je vais être obligé de parler par le trou de la serrure afin que le Capitaine m'entende et puis, écartant ma bouche, j'approcherai mon oreille du même trou afin d'entendre sa réponse. *(Il se tait, pensif et indécis, puis va vers la porte du Capitaine et crie par le trou de la serrure.)* Capitaine ! L'océan ! Le temps est beau ! L'océan ! Et il est onze heures trente !

Il écoute, l'oreille collée au trou de la serrure.
Silence.

LÉODYCK

Vous avez l'air triste.

MESDEMOISELLES

Oui.

LÉODYCK, *déçu.*

Déjà ?

MESDEMOISELLES

Oui.

LÉODYCK

Mesdemoiselles ?

MESDEMOISELLES

Oui ?

LÉODYCK, *avec douceur.*

Chantez.

MESDEMOISELLES

Non.

LÉODYCK

Vous avez l'air inquiète.

MESDEMOISELLES

Oui.

LÉODYCK

Je vous promets, je ne vous ferai aucun mal.

MESDEMOISELLES

Oh ! Ce n'est pas ce que vous pensez.

Elle a dit cela très simplement. Elle recule.

ST. JOB, *il crie.*

Capitaine ! Ne-me-lais-sez-pas-sans-ins-truc-tions !

Il écoute par le trou de la serrure.

LÉODYCK, *il sourit.*

N'ayez pas peur. Vous êtes une grande artiste ! Quant à votre gabarit, il va cahin-caha, et même, à parler franc, un peu plus cahin que caha. *(Il rit.)* Ne vous en faites pas ! Votre voix arrange tout.

MESDEMOISELLES

Oh! Vous n'y êtes pas! Mais pas du tout! *(Il avance. Elle recule.)* Laissez-moi, Léodyck… vous me faites mal.

ST. JOB, *il se redresse, joyeux.*

J'entends du bruit là-dedans. *(Il crie.)* Capitaine! L'océan! Nous avons dépassé «Lands end». Plus aucune terre en vue! Il est onze heures trente. Le grand large, Capitaine! L'océan! Et l'horizon, toujours loin, toujours près. Au centre: votre beau navire: Le Fameux Findor. Et le vent! Le vent léger! Le vent qui apportait l'odeur des plages. Le vent, maintenant sent l'eau! Et la chaleur! Capitaine! La grande chaleur de juillet! Les bouches d'aération ont été placées!

Il écoute la réponse du Capitaine.

LÉODYCK

Je vais vous dire une chose que je n'ai jamais confiée à aucune femme. C'est quelque chose de très pur…

MESDEMOISELLES, *en une bouffée d'inquiétude, effrayée.*

Surtout pas! Non! Pas! Comment faire! Que faire?... Je n'ai pas eu le temps de me préparer. Pourquoi, pourquoi est-ce qu'il… Ça va tourner mal!

LÉODYCK, *très simple.*

Je vous ai entendue chanter: tout de suite je vous ai aimée. Je me suis levé. Je me suis accoudé au bastingage. La mer. Votre voix. C'est si beau! Plus beau que tout. Tellement plus beau que si nous couchions ensemble. On couchera, bien sûr, puisque ça se fait, mais votre voix! Je veux coucher avec votre voix. Le soleil lui-même n'a jamais chanté aussi divinement, sauf peut-être le premier jour de la création du monde quand les couleurs du monde n'étaient pas encore sèches. Je vous ai entendue chanter, et j'ai touché à... *(Il hésite, et toujours avec une grande simplicité.)* à quelque chose de si... si... enfin... si... *(Il sourit. Silence.)*

MESDEMOISELLES, *simple aussi.*

Vous me faites mal...

Léodyck s'approche d'elle.

ST. JOB, *il se redresse.*

Je n'entends plus rien...

Il écoute de nouveau à la serrure.

MESDEMOISELLES, *toujours avec la même simplicité que celle de Léodyck.*

Je dois affronter une épreuve... Une grave épreuve...

LÉODYCK

Je vous promets...

MESDEMOISELLES, *l'interrompant.*

Ne promettez rien. Après, vous me haïriez. Mais cela n'a pas d'importance. Et quoi qu'il arrive, je vous remercie de m'avoir parlé comme vous venez de le faire. Même si, sans le vouloir, vous m'avez fait mal.

Elle se domine et sourit. Ils sont l'un près de l'autre et se regardent. On devine qu'elle est sur le point de pleurer.

LÉODYCK, *interdit.*

Mais ! Quoi! Je vous…

Elle se domine et lui sourit entre ses larmes.

ST. JOB, *il se redresse soudain et frappe des deux poings de toutes ses forces à la porte du Capitaine, et puis, se penchant vers la serrure, il hurle.*

Capitaine ! L'océan ! Il fait beau !

TROISIÈME ÉPISODE

Le Capitaine.

Le Capitaine ouvre et pousse la porte avec force. La porte heurte St. Job et le renverse. Mesdemoiselles pousse un cri. Léodyck éclate de son vaste rire généreux. Le Capitaine s'arrête sur le seuil. Silence. Il a un beau visage calme. Pâle, les yeux cernés, très droit. Il a le geste calme.

LE CAPITAINE, *voyant Mesdemoiselles, joyeusement surpris.*

Vous ?

MESDEMOISELLES, *malgré ses larmes, elle passe sans transition du chagrin et de l'inquiétude à la bonne humeur.*

Moi !

LE CAPITAINE

Ici ?

MESDEMOISELLES

Ici !

Elle s'élance, traverse la scène en volant et se jette dans les bras du Capitaine.

ST. JOB, *encore assis, tout éberlué, perdant la tête.*

Quoi ? Vous vous connaissez ?

LE CAPITAINE, *les bras tendus, il tient Mesdemoiselles par les épaules.*

Chère Mesdemoiselles, merci.

ST. JOB

Et puis nous avons Léo Léodyck second officier…

LE CAPITAINE, *joie lumineuse, calme.*

Bonheur. Grâce à vous.

MESDEMOISELLES

Vous ne me devez rien. Je vous l'ai vendue très cher… et vous m'avez payé. Nous sommes quittes.

St. Job se relève, intrigué. Léodyck s'approche. Ils écoutent.

LE CAPITAINE

Ce voyage est un songe.

MESDEMOISELLES, *modeste.*

Alors vous êtes content ? Elle ne vous a pas déçu ?

LE CAPITAINE

J'ai tant de choses à vous dire. Grâce à vous! si vous saviez! Oh! si vous saviez... Un rêve... très loin...

St. Job et Léodyck se sont approchés du Capitaine et de Mesdemoiselles. Ils écoutent.

ST. JOB

Capitaine, ne me laissez pas sans instructions et permettez-moi de... moi de...

LE CAPITAINE, *l'interrompant.*

Qu'y a-t-il St. Job? Je t'écoute. Sois bref, et après, laisse-nous.

ST. JOB

Capitaine, vous m'avez confié le commandement. Voici mon rapport écrit. *(Il lui tend un papier.)* Mais j'ai le devoir de vous informer verbalement qu'un événement grave s'est produit à bord et a provoqué une agitation considérable. Je vous rappelle, Capitaine, que l'équipage est composé d'éléments mâles tous en âge de fonctionner, y compris Léodyck. Il s'ensuit qu'ils sont tous ex-traor-di-nai-re-ment sensibles au féminin avec un grand F.

LÉODYCK

Mais, St. Job...

LE CAPITAINE

Laisse-le parler, Léodyck.

ST. JOB

Le Féminin est totalement nuisible à la navigation surtout les premiers jours du voyage quand le souvenir de la femme humée à l'escale rôde encore aux narines des matelots. *(Il se lève d'un mouvement rapide.)* Or un chant d'une beauté troublante s'est élevé. Une voix de femme. J'ai tenté de surprendre la chanteuse. J'ai cru que c'était une fille amenée à bord. J'ai tout fouillé. Je n'ai trouvé personne... Dois-je dire que l'équipage était ravi et n'a rien fait pour m'aider à trouver cette femelle ? Peut-être...

Il se tourne vers Mesdemoiselles.
Elle ne bronche pas.

LE CAPITAINE

Je n'ai rien entendu et je...

ST. JOB, *le coupant.*

Pas étonnant, Capitaine, vous étiez calfaté dans votre cabine. Mais l'équipage était assailli d'échos ! Les filles d'Anvers... Or voilà qu'une vraie voix, une voix capable de mettre le feu aux poudres... – vous me comprenez ? – Je vais vous dire, Capitaine, ce qui se passe la nuit à bord de votre Fameux Findor ! Une voix féminine s'élève ! Le soir ! La nuit ! À quoi pensent les hommes dans leurs hamacs ? À baiser ! Et cette voix en exalte la vision. Il y a aussitôt des filles partout. Des filles et encore des filles : vues dans la rue, dans un café, sur le pas d'une porte, des filles croisées, suivies, de près, de loin, vues de près, de loin. Souvenirs ! Chaque soir, ici, à bord, toutes ! Et toutes sont nues et toutes sont roses et toutes sont chaudes !

LÉODYCK, *ravi.*

Encore... encore...

ST. JOB

Capitaine!... Ce chant! Les paroles en sont pourtant anodines: « la mer, le vent, les vagues, le temps, les loups amers ». Eh bien, ce sont ces mots-là qui « allument ». Votre « Fameux Findor » est un bordel à rêves! *(Changement de ton. Soudain retour à lui-même. Pause.)* Il y a une provocatrice à bord. *(Geste vers Mesdemoiselles.)* Elle! C'est elle qui chante. Elle déclenchera un typhon. *(Rire de Léodyck.)* Les hommes de l'équipage défonceront la porte de sa cabine. Ils la violeront!

LE CAPITAINE, *il sourit.*

… Laisse-les à leurs rêves! Douceur. La houle, le souvenir?... *(Il met la main sur le bras de St. Job.)* Calme! La nuit est là… écoute! Le silence de l'eau!... Calme. On n'entend même pas les soupirs des mâts et des cordages: la nuit est là. Calme. Silence. Ces filles-là, moi aussi, je les entends venir, les filles de minuit. Leurs pieds nus sur le pont. Leur respiration, et même, me semble-t-il, un léger, léger, léger murmure. Une robe se défait… Sais-tu que chacune de ces filles est la plus belle du monde? *(Soudain, changement de ton. Joie.)* St. Job… depuis neuf jours, depuis neuf nuits: je suis heureux.

Silence.

MESDEMOISELLES

Est-ce qu'on peut la voir?

ST. JOB, LÉODYCK, *ensemble.*

La voir, qui? Quoi?

LE CAPITAINE, *un cri.*

La voir? *(Il est stupéfait. Un temps.)* Mais oui… pourquoi pas puisque je suis heureux? *(Un temps.)* Venez!

Il a parlé avec une joie intense. Une seconde cloison s'ouvre. La cabine du Capitaine.

QUATRIÈME ÉPISODE

Hamalissa.

Mesdemoiselles, Léodyck, St. Job, le Capitaine, Hamalissa, la Voix, le Vélicouseur.

Nous sommes dans la cabine du Capitaine qui fait un, à présent, avec l'antichambre-salon.

La poupée Hamalissa, dont le rôle est tenu par une comédienne, est étendue à demi sur un lit divan, dans un « voluptueux désordre ». Les draps froissés, oreillers moelleux, couvertures à demi rejetées. C'est la femme telle qu'on l'aimait vers la fin du XIXe *siècle. On pourrait s'inspirer de la gravure-collage « Le Lion de Belfort » de Max Ernst (album* Les Sept Péchés Capitaux*). Son déshabillé, d'un érotisme secret, est suggestif sans être brutal, ni appuyé. Elle est pâle et tout à fait immobile. Il faut qu'Hamalissa soit si bien maquillée que le public, pendant quelques instants, croie voir une poupée. Chaque geste sera guidé par Mesdemoiselles avec lenteur et précision. Le divan est entouré d'étais de fer, minces, élégants, sortes de fourches dressées montées sur pied, de tailles différentes. La main, le poignet, le coude ou l'avant-bras d'Hamalissa s'y poseront une fois le geste achevé.*

MESDEMOISELLES

Ma chérie ! *(Elle s'élance vers la poupée, se penche vers elle et lui fait une légère et tendre caresse, à peine esquissée.)...* Alors... tu es heureuse ? ... Le Capitaine ? ... il... il te plaît ? ... Ma chérie... ma douce chérie... tu l'as ensorcelé.

LÉODYCK, *il est stupéfait.*

Voix du désir, un peu rauque, mal assurée.

Oui mais... mais... oui.

ST. JOB, *de sa voix aiguë et hostile.*

Une poupée... une poupée de marin !

Il recule un peu. Tendu et pâle. Il ne bouge plus.

LÉODYCK

Oui... mais... *(Silence.)* Non !... *(Non, pour « incroyable ! »)*

MESDEMOISELLES

Une « femme docile » en « peau de satin » cousue en nos ateliers de la rue Nationale à Anvers. Le Capitaine me l'a achetée. Oui, une poupée de marin conçue et apparue : lisse, lisse, lisse, ponçue, fondue, fine, fine, fine, faite pour les baisers, les badours et les « ah-que-c'est-bon ». Oh ! mais nous en avons fabriqué des centaines ! Pour les rois, princes, généraux, millionnaires timides ! Mais surtout pour marins. « Mamours sur la mer pour marins solitaires ». Celle-ci est la plus belle, modelée à la ressemblance d'une célèbre odalisque napolitaine. *(Elle prend la main de la poupée et lui fait faire un geste charmant, un geste d'accueil destiné au Capitaine. Mesdemoiselles dit d'une voix d'oreiller, le visage près de celui de la poupée comme si c'était elle qui parlait.)* « Je suis à tous mais surtout à chacun :

quand je me donne à Pietro, je suis une enfant, à Guido une orange, à Ludo une petite truie, et quand je me donnerai à toi ? Viens ce soir, tu le sauras. »

Mesdemoiselles, sûre de son effet, regarde les trois hommes. Très troublés, l'un avale sa salive, l'autre passe le doigt entre le col de son uniforme et son cou, et le troisième est comme oppressé par une pierre énorme sur la poitrine.

LÉODYCK, *soudain.*

Hamalissa !

LE CAPITAINE, *violent.*

Comment sais-tu ?

LÉODYCK

Qui ne s'en souviendrait pas ?

Il se lève.

LE CAPITAINE

Comment!...

LÉODYCK

Vous ne me reconnaissez pas ?

LE CAPITAINE, *presque avec reproche.*

Quand ? Où ?

LÉODYCK

Vous ne vous souvenez pas, Capitaine ? Et elle aussi. *(Il regarde Mesdemoiselles.)*

LE CAPITAINE, *il se domine, il réfléchit, puis.*

Tu étais à «La Vita breve»? *(À Mesdemoiselles:)* Et vous aussi? Vous étiez là, tous les deux, le dernier soir?

Il fait allusion à Mesdemoiselles et Léodyck.

MESDEMOISELLES

Oui.

LÉODYCK

Oui.

LE CAPITAINE

Quel hasard!... *(Silence.)* Quel hasard! Mesdemoiselles… je ne vous avais pas reconnue.

MESDEMOISELLES

J'étais jeune! Je n'avais pas mes petites boucles, encore.

LE CAPITAINE

Oui… à présent… mais oui! Tout à coup votre visage vient à moi du fond de ces neuf années. Vient à tire d'ailes! et me dit…

MESDEMOISELLES

… Et vous dit: en neuf ans j'ai vieilli de vingt ans.

LE CAPITAINE, *ému, il ferme les yeux. Une pause.*

Et toi, Léodyck! Oui! *(Il le regarde.)* Je te reconnais. Oui! Le jeune officier de marine qu'Hamalissa a ruiné…

LÉODYCK, *émerveillé comme s'il racontait le plus beau souvenir de sa vie.*

Ruiné. Tout à fait. Je n'ai plus rien, rien, rien ! *(Il a son vaste rire généreux.)* Hamalissa m'a dépouillé en une nuit du beau petit héritage tout rond de l'Oncle Gustave !

Il rit encore.

LE CAPITAINE

Mes amis… quel hasard... Nous. Réunis ! Ici ! À bord du Fameux Findor… *(Il montre la poupée.)* Et Hamalissa retrouvée… *(À Mesdemoiselles :)* Et maintenant pourquoi chercher le coupable de la mort d'Hamalissa ? L'assassin. C'était le but de mon voyage. Et voilà que tout se résout en joie, en innocence ! *(Ivre, ivre, ivre de joie.)* Hamalissa ! ici ! À mon bord ! Hamalissa à moi ! Ressuscitée ! Venue à moi. Plus que vivante ! À moi ! *(Silence.)* Et c'est par hasard, tout à fait par hasard – je passais devant votre magasin – et j'ai vu – en un éclair ! Quoi ? Oui. Oui ! – j'ai vu au fond du magasin, dans l'ombre, oui, j'ai vu : Hamalissa. Je l'ai crue vivante, oui pendant un instant : Vivante ! Quel choc ! – la foudre – et au même moment, *(Le capitaine a la respiration coupée pendant un instant.)* le chagrin ? parti… *(Jubilant.)* Parti ! Le chagrin qui me tuait ! Me tuait chaque jour, chaque nuit, chaque minute ! Parti… parti ! Qui me tuait ! Je voyais… je n'arrivais pas à effacer l'image d'Hamalissa couchée dans le verger du Pausilippe, violée, éventrée, les yeux blancs, la robe d'or tachée de sang… Et voilà qu'après neuf ans de voyage sur les mers vides… chagrin ! Chagrin ! Il y a dix jours, la veille de notre départ d'Anvers, je passe devant chez vous, je vois Hamalissa, j'entre, vous me la vendez, je l'emmène à bord, je m'enferme dans ma cabine, on lève l'ancre et pendant neuf nuits je l'aime. *(Un cri de joie.)* Retrouvée !

Aimée! Aimée! Aimée! Aimée à en mourir. *(Court silence.)* Taisez-vous! *(Les autres n'ont pas bougé et n'ont pas parlé.)* Pendant neuf nuits! J'étais malheureux. J'étais... j'étais... j'étais! Et maintenant comme c'est bon de dire: «J'étais malheureux». J'étais! J'avais mal. J'avais! Car j'avais mal ici, partout, dans les mains, les genoux, dans les os, dans le souffle, tout faisait mal. Le moindre bruit m'était douloureux, chaque chose, la mer, une mouche, un oiseau, tout me crevait les yeux. C'était, ici, partout C'était! C'était! C'était! Et tout d'un coup: délivré! Fini! Neuf jours de bonheur, – demain dix – c'est beaucoup. Beaucoup! Neuf jours de bonheur! C'est beaucoup, beaucoup plus que neuf ans de chagrin. Même si je n'avais eu qu'une nuit de joie... une... une seule nuit... j'aurais eu plus que tous les chagrins de ma vie réunis... *(Joie.)* – et j'en ai eu neuf! demain dix! – Même une heure! Une seule heure aurait suffi à tuer mes loups! *(Calme tout à coup. Il regarde comme s'il les voyait pour la première fois, et il se met soudain à parler presque à voix basse, en confidence à Mesdemoiselles.)* Je suis heureux... heureux... et vous ici! Près de moi! Mes amis! Ici, comme là-bas j'aime Hamalissa. Je l'ai. *(Geste vers la cabine.)*... J'ai tout fermé... hublot, porte, rideaux... Elle reçoit mes caresses en silence... Du bout des doigts, je lui ferme les paupières, j'entrouvre ses lèvres... je guide sa main... elle m'appartient comme si elle vivait. Une résurrection. Presque. Non: plus! Son souvenir plus fort que si elle vivait... Hamalissa faisait parfois semblant de dormir pour exalter ma volupté... et parfois elle allait jusqu'à feindre la mort. Je la désirais alors de façon si aiguë que j'en avais mal. *(Silence.)* Mais maintenant, Mesdemoiselles, ces quelques mots que vous lui avez fait dire, qui étaient les phrases mêmes qu'Hamalissa a dites le dernier soir... et de la même voix qu'elle... j'ai cru un instant – j'ai cru – que c'était la poupée qui les disait. Et tout à coup le silence de la poupée pendant neuf nuits et neuf jours, ce silence qui m'a ravi, qui était la condition même de ma plongée vers mes nuits d'autrefois… eh bien, ce silence ne me suffit plus ! Je veux qu'elle parle. *(Silence.)* Plus on est heureux, plus on a faim… faites-la parler encore… redites ces phrases, je ne pourrai plus jamais m'en passer…

MESDEMOISELLES, *elle anime la poupée. Même jeu que la première fois.*

« Je suis à tous, mais surtout à chacun : quand je me donne à Pietro, je suis une enfant, à Guido une orange, à Ludo une petite truie, et quand je me donnerai à toi ? Viens ce soir, tu le sauras. »

LÉODYCK

… J'aime ! J'aime ! *(Silence.)* Est-ce que je me trompe ?... Non !... Mesdemoiselles… c'est alors qu'Hamalissa a chanté *(Le souvenir se précise.)* Oui… et c'est alors qu'elle a offert le lys à un jeune marin qui était parmi nous, vous vous souvenez ? Oui ! je le reconnaîtrais entre mille. Courte barbe noire, grands yeux encore tout neufs et humides d'émerveillement.

LE CAPITAINE

Mais oui ! Oui ! « Le chant du lys » ! Oui !

LÉODYCK

Mesdemoiselles, chantez…

LE CAPITAINE

Oui ! Chantez !

LÉODYCK

Chantez! Mesdemoiselles! Oui! Oui! *(Avec colère.)* Chantez!

MESDEMOISELLES, *d'une voix un peu rauque, ambiguë, trouble. Elle guide les gestes d'Hamalissa.*

« Et je serai ta belle actrice
Ton bourreau d'or et ton supplice
Ton lys amer, ta vague lente
Ton lit, ta vie, ton océan. »

Tous écoutent et regardent fascinés. Soudain, St. Job s'abat, évanoui. Silencieux, il était resté debout et immobile pendant toute la scène, il avait chancelé peut-être, mais à peine. Tous s'affairent autour de lui.

LÉODYCK, *petit rire, un peu surpris, un peu moqueur.*

Une syncope ?...

MESDEMOISELLES

Attendez!

Elle court à une armoire et y prend un verre.

LE CAPITAINE

Du whisky!... Non, pas là!... Dans le coffre.

Léodyck va vers le coffre-bar et remplit un verre de whisky.

MESDEMOISELLES

Voilà.

On relève la tête de St. Job. On le remet sur pied. Il ouvre les yeux. Léodyck lui fait boire le verre de whisky d'une traite.

LÉODYCK

Plus vite, plus vite, plus vite, plus vite. Allons, allons, allons, plus vite. Voilà ! De l'air ! Respire ! Respire ! Respire !

Léodyck rit de son vaste rire généreux. Il va ouvrir le hublot. Mesdemoiselles jette un verre d'eau à la figure de St. Job.

ST. JOB, *il ouvre les yeux, regarde d'abord autour de lui avec égarement, se redresse avec une force incroyable.*

Je les hais tous !

LÉODYCK, *lui donne un second verre de whisky.*

Bois ! D'un coup ! Bois ! *(Et puis frappant du pied pour rythmer les gorgées et les « allons ! »)* Allons ! Allons ! Allons ! *(Etc.)*

ST. JOB, *après avoir bu, il a un profond soupir.*

Voilà !

LÉODYCK

Ça va ?

ST. JOB

Je les hais !

À ce moment, tout près, en coulisse s'élève le chant dans toute son ampleur. Tous, stupéfaits, regardent Mesdemoiselles qui se détourne.

LA VOIX

Que de cris sur la mer!
Le vent!
Le vent!

LÉODYCK, *à Mesdemoiselles avec colère.*

Ce n'était donc pas vous!

LA VOIX

Le vent mêlé au temps!
La mer!
La mer!

ST. JOB, *à Mesdemoiselles.*

Hypocrite!

MESDEMOISELLES, LÉODYCK, ST. JOB, *ensemble.*

MESDEMOISELLES, *terrorisée.*

Et maintenant? Maintenant? Que va-t-il arriver?

LÉODYCK

Qui est-ce? Cette fois, je saurai!

Il sort sans que les autres, très agités, ne le voient.

ST. JOB, *il crie de sa voix aiguë, frénétique, hystérique.*

Qui est-ce? Qui est-ce? Qui? Qui? Qui?...

LE CAPITAINE, *il crie.*

Taisez-vous!

Ils écoutent.

LA VOIX

Le vent mêlé au temps !
La mer !
La mer !
Que de cris dans le vent !
Le temps !
Le temps !
Le vent amer.

Silence.

LE CAPITAINE, *bouleversé, respiration coupée, à Mesdemoiselles.*

Qui est-ce ?

MESDEMOISELLES, *follement agitée.*

Non… non… j'aurais dû le prévoir… Je ne veux pas ! *(Criant.)* Qu'est-ce qu'il faut faire!

La porte s'ouvre avec violence.
Léodyck pousse le Vélicouseur devant lui.

LÉODYCK

Et voici « la chanteuse » !

Le Vélicouseur, projeté en avant, fait quelques pas bondissants, trébuche et s'arrête près d'Hamalissa. En voyant la poupée, il pousse un cri d'admiration douloureux.

VÉLICOUSEUR

Hamalissa !

C'est un cri modulé, une sorte d'alléluia barbare et raffiné. Il part d'une note très haute et descend par paliers comme un oiseau abattu en plein vol.

MESDEMOISELLES, *elle s'élance vers lui, éperdue.*

Mon fils chéri ! Mon Véli ! Mon enfant ! Mon garçon ! Mon fils ! Mon petit Vélicouseur ! Mon Vélicou ! Il y a si longtemps ! Ici ! *(Sous-entendu : « regarde ici ».)* Ta maman ! Regarde-moi !

Elle sanglote et rit en même temps. On devine qu'elle a peur. Le Vélicouseur recule, raide, sans avoir l'air de la reconnaître. Il est très pâle. Elle s'arrête, l'élan coupé, assez loin de lui encore.

VÉLICOUSEUR, *il la regarde.*
Silence.

Maman !

Cri-chant douloureux. Haine, déception, colère, humiliation, offense.

MESDEMOISELLES, *avance,*
mais à petits pas, timides.
Le Vélicouseur recule.

Ma douleur ! Mon bonheur !

VÉLICOUSEUR

Maman !

Cri-chant, appel où se mêlent répulsion, étonnement et fureur.

MESDEMOISELLES

Mon sang !

VÉLICOUSEUR

Je te... !

Quelque chose se casse ou s'étrangle en son étrange cri-chant.

MESDEMOISELLES, *suppliante.*

Espoir. Après chaque mot, chaque bout de phrase, elle s'arrête espérant une réponse. Le Vélicouseur cherche sa voix, la bouche ouverte comme un poisson sur le sable sec. Silence tendu, pénible.

Parle !
Oui ! Parle !
Ma doulour !
Mon amoû...
Mon cupidoû...
Je t'en supplie !
Parle !
Parle !

VÉLICOUSEUR

Je t'ai... *(Même jeu. Il crache des bribes de syllabes comme si les mots étaient des couteaux qui le blessaient à la gorge.)* Je t'ai... t'ai... je... je t'ai... ai... ai... ai... Je t'ai... ai... ai... ai...

MESDEMOISELLES, *l'encourageant.*

Oui !
Parle, parle !
Dis que tu m'aimes.
Dis-le ! Dis-le-dis-le-dis !
Dis : « je t'ai-me ! » *(elle articule)* « Je t'ai-me » !
Parle !
Je t'en supplie !
« Je t'ai-me » !

VÉLICOUSEUR, *quelque chose se dénoue en lui. Cri-chant moins douloureux.*

Maman je t'ai…

MESDEMOISELLES, *exultante.*

Il parle ! Il a presque dit « Maman je t'aime ». Il parle ! Il va parler enfin ! *(Au Capitaine.)* J'attends ce moment depuis vingt-deux ans ! *(Tout à coup délivrée de tout chagrin. Douceur.)* Il m'aime.

VÉLICOUSEUR, *en un élan affreux et splendide et saisi peu à peu par une sorte de fureur inspirée. Tous, fascinés, l'encouragent de gestes indécis, balbutiés, comme on ferait pour encourager un homme tombé à l'eau qui fait un effort immense pour atteindre la bouée de sauvetage.*

Je t'ai…
Oui
Ma mân-ân-an ! ân ! an !
Oui, je t'ai…
Je t'ai en, ho ! ho !
Je t'ai en ho…
Je t'ai en horreur !

« En horreur » est expulsé triomphalement. Silence.

LE CAPITAINE, *autorité. Colère froide.*

Sors d'ici !

Silence. Le Vélicouseur se redresse. Il jette un regard de haine au Capitaine.

LE CAPITAINE

Aux arrêts ! Je te chasse !

Silence.

LE CAPITAINE

St. Job, enferme-le dans la soute !

Le Vélicouseur menaçant avance lentement vers le Capitaine. Il prend son couteau de marin. C'est un couteau à manche rouge du modèle employé par tous les marins du monde, qu'ils portent dans une gaine à la ceinture. Mesdemoiselles a vu le geste de Vélicouseur. Elle s'élance vers lui et le bouscule.

MESDEMOISELLES, *poussant un cri.*

Non !

Elle est si rapide qu'on ne se rend pas compte de ce qu'il se passe. Elle s'écarte, et le couteau a disparu des mains du Vélicouseur. La gaine est vide. Immobilité de tous.

LE CAPITAINE

St. Job, arrête-le ! Nous le débarquerons à la prochaine escale.

VÉLICOUSEUR, *avant que St. Job ait bougé, le Vélicouseur, le visage tout contre celui de sa mère, lui crache son cri-chanté.*

Je te vomis !

St. Job entraîne le Vélicouseur qui n'oppose pas de résistance. Noir. Musique de la mer.

CINQUIÈME ÉPISODE

La confession de Mesdemoiselles.

Le salon du Capitaine. On entend les trois coups de cloche de la vigie. Au moment où la lumière se fait, Léodyck, St. Job et le Capitaine changent de place, comme si on mélangeait les cartes avant de les redistribuer. Mesdemoiselles est affalée, la tête cachée dans les bras. Ils ont tous un verre à la main.

LE CAPITAINE

… Mesdemoiselles, où est le couteau ?

MESDEMOISELLES, *secouée de sanglots.*

Quel couteau ?

LE CAPITAINE

Où est le couteau ? Le couteau de votre fils. Le couteau à manche rouge.

MESDEMOISELLES

Quel couteau ?

LE CAPITAINE

Mesdemoiselles, voici une demi-heure que vous répondez à mes questions par des questions.

MESDEMOISELLES

Quel couteau ?

LE CAPITAINE, *exaspéré.*

Cessez de pleurer ! Cessez ! Où est le couteau ? Que fait votre fils ici ? Et que faites-vous tous deux à bord du Fameux Findor ?

MESDEMOISELLES

Quel couteau ?

LE CAPITAINE

Que faisiez-vous et que faisait-il à Naples ? À « La Vita Breve » ? *(Silence.)* Là-bas aussi on a trouvé un couteau de marin à manche rouge à côté du corps d'Hamalissa… ce couteau a disparu mystérieusement… Tous les journaux en ont parlé. Vous étiez à Naples, votre fils aussi. Et aujourd'hui, son couteau à manche rouge disparaît mystérieusement. Où est le couteau ?

Mesdemoiselles se lève tout à coup et se précipite sur le Capitaine, toute griffes et coups de pied. L'attaque est si violente et si inattendue que les trois hommes ont de la peine à la maîtriser et à la mener vers une chaise.

MESDEMOISELLES

Ce n'est pas vrai ! Menteur ! Menteur ! Il est innocent ! Il m'aime ! Il m'aime ! Il m'aime ! *(Elle est secouée de gémissements entrecoupés de sanglots.)* Je me sens si, si misérable… si misérable ! *(Au Capitaine.)* Je vous tuerai, je vous tuerai ! *(Elle sanglote.)* C'est tellement, tellement inattendu… il est resté si enfant… *(Au Capitaine.)* Je ne me sens pas bien… il est parfois si doux. Un enfant !… *(Elle sanglote, et tout à coup :)* Aidez-moi ! *(Le visage ruisselant de larmes, elle sourit comme si elle demandait secours.)* Tous les enfants sont comme ça… mon pauvre petit… il est si… il est si… si… si vulnérable. *(Un temps.)* C'en est trop !… *(Tout à coup elle se ressaisit. Et d'une tout autre voix :)* Merveilleusement doux ! Car il est doux !

Silence.

Le Capitaine, Léodyck et St. Job sentent qu'elle va révéler son secret. Ce qu'elle va dire est plus complexe qu'une confession. Elle joue de son chagrin, de sa peur, de son angoisse, et surtout de sa douleur pour atteindre son but : sauver son fils.

En même temps – peut-être inconsciemment – elle veut se sauver elle-même, se reconstruire. Enfin, elle veut se faire des alliés.

Sauf Mesdemoiselles, ils changent à nouveau tous de place. On verse à boire. Un verre à la main ils s'immobilisent prêts à écouter. D'une voix dont les sanglots s'éloignent, les cils encore humides, Mesdemoiselles se redresse et apostrophe le Capitaine.

MESDEMOISELLES

Alors vous êtes heureux ! *(Sanglot soudain.)* J'en suis si heureuse moi-même ! Le couteau. Quel couteau ? Je n'ai pas vu de couteau. Avait-il un couteau ? Où cherchez-vous cela ? Je ne crois pas.

Alors sa voix s'anime et elle se lance dans un récit instable mais d'une étonnante virtuosité. Tout la sert : émotion, délicatesse, cocasserie, cruauté, fantaisie, larmes, rires, nostalgie, vivacité, chagrin, espoir, désespoir, joie. Son étrange récit mêle, contredit ou souligne tous les sentiments. Elle s'y lance ex abrupto. Les premiers mots ont l'air d'être repris d'un feuilleton dont personne n'aurait lu le début.

… Et d'ailleurs ce n'est pas la première fois qu'il me dit des choses atroces ! À Naples déjà, il y a longtemps, bien avant la mort d'Hamalissa, il avait inventé la chanson

«Pour faire mal à une mère». C'est le titre. La mère, c'est moi. Oh! Qu'il la chantait bien! Ah! Comme l'air en était ravissant! comme l'inflexion tendre en contredisait les paroles inamicales! Un chef-d'œuvre:

«Maman! Je t'abomine»!

Vous entendez «abomine», c'est dur. C'est très dur. C'est pire encore que «Je t'ai en horreur».

«Maman! Oh! Oh!
Je t'abomine.
Tous les services que tu m'as rendus, Maman!
Tes baisers, tes caresses,
Maman!
Ta voix surtout,
et tes cheveux de
fil de fer.
Maman! Je t'abomine.
Et tes Saintes Nitouches
tes pirouettes et tes bavettes.
Et ton système pileux,
tes ventres et tes naseaux, et ton sourire de bête.»

Tes «Saintes Nitouches» c'est dur, c'est très dur pour une mère.

«Maman!
Tu as crevé mes yeux bleus
Mes yeux verts, mes yeux d'eau, Tu as crevé mes beaux yeux fanés… Maman!»

Ceci, eh bien! C'est pis que tout… parce que… c'est pis… c'est pis que s'il m'inondait de pétrole pour me brûler vivante. Parce que le pétrole, eh bien! ce n'est que du pétrole, tandis que ceci est vraiment presque tout. Mais attendez! Une heure après il revenait. C'est un enfant. Merveilleux. Il se jetait dans mes bras et il me chantait à l'oreille:

«Maman, tes yeux bleus, tes yeux beaux, tes beaux yeux de rose d'eau.

Ta bouche, ton nez, tes bras, tes doigts, tes ongles, tes pieds, ta voix, tes dents, tes larmes, ton rire, donne-les moi, et je les mets dans un panier.

Je les porte au moulin.

J'en fais de la farine dont je ferai du pain et puis te mangerai. »

C'est un enfant. Merveilleux. En ce moment. Je sais. Aux arrêts. La porte fermée à clef. Il est assis, le visage tourné vers la cloison. Il se balance. Il se balance d'avant en arrière. Il n'arrêtera pas de se balancer jusqu'à demain. Il souffre de m'avoir fait souffrir. Il reviendra les larmes aux yeux. Et ça sera doux, doux, doux, et ça me fera mal en même temps. Il n'y a pas d'enfant plus doux que lui. *(Court silence.)* Non, je mens, il n'est jamais venu. J'aimerais tant qu'il vienne ! Tout ce que je viens de dire de tendre, eh bien ! Je viens de l'inventer. Mais j'aimerais tant que ce soit vrai ! Il n'a jamais dit « Maman, tes yeux bleus, tes yeux beaux / Tes beaux yeux de rose d'eau... » Jamais ! Tous les enfants ont dit ça. Lui pas. Il ne m'a jamais dit un mot affectueux. Jamais ! Jamais ! Il suffirait qu'il vienne à moi – *une seule fois !* – et je m'en « sourirais » toute ma vie. La tête tournée vers le mur, il se balance comme le pendule de la pendule. Pendant des heures ! Il ne parle pas. Il ne parle pas ! Ne parle plus, ne parle pas. Et ça depuis la petite enfance. Ça le prend pendant des heures et des heures. Il se balance *(Silence.)* pendant des heures. *(Ici, elle prend le ton du récit. Elle a même l'air de s'amuser de ce qu'elle dit et de revivre des souvenirs inattendus et drôles.)* C'est arrivé quand il a eu cinq ans. Il a cessé de parler. Sans avertir personne. Plus un mot tout à coup. Il a eu une grande frayeur. Imaginez-vous que mon père putatif – car j'avais deux pères, un putatif et un légal – mon père putatif a abandonné ma mère pour une « putative » de bas étage. Quand mon père légal a appris l'abandon de ma mère, il a été si frappé qu'il ne regardait plus où il mettait les pieds. Il a trébuché et est tombé dans la cuve à colle. La colle bouillante. Une énorme cuve à colle qui contient plusieurs hectolitres de colle bouillante. Dont nous nous servons pour coller la peau de nos poupées de satin. Et ce faux-pas «fatal», il l'a fait devant mon enfant chéri. «Fatal», vu qu'on n'est pas parvenu à décoller mon père légal de la colle avant qu'il mourût et se fût dissous lui-même en colle. À cette époque j'étais mariée, et c'est la raison pour laquelle j'ai désiré continuer à porter le titre de Mesdemoiselles, parce que tout en étant mariée je l'étais très peu, et je me sentais seule tandis que mon mari était multiple. Il était comme on dit très volatile. Je veux dire qu'il me volageait avec de multiples créatures et qu'il sentait l'ail. Un véritable Don Puant. N'empêche que je l'aimais. Il venait pleurer dans mes bras – sans rien faire d'autre –, quand une de ses multiples créatures lui avait joué un de ces tournevis dont ces femmes ont le secret. Lors d'un de ses retours au foyer conjugal mon mari a eu une idée géniale: puisque notre enfant ne parlait pas il fallait lui apprendre à chanter. Et ce même mari si léger d'habitude, est resté près de moi, très conjugal pendant deux ans pour fabriquer une boîte à musique miniaturisée-en-petit, que l'enfant portait jour et nuit dans son bonnet de nuit-et-jour. C'étaient des airs ravissants, composés spécialement pour lui par le maître Shakko Boustrik. Par parenthèse, «Shakko Boustrik» est le pseudonyme qu'empruntait Monsieur l'abbé Frans Liszt quand il faisait la bamboula à Anvers et vous ne le croirez pas, aujourd'hui, à l'âge de 70 ans passés il est toujours grand amateur de nos femmes de satin. Avec l'empereur Guillaume II, et le roi Léopold qui porte le numéro II tout comme Guillaume le précité, l'illustre abbé est notre meilleur client. Tous ces gens constellés adorent la poupée. Au bout d'un an notre petit gazouillait de façon exquise. En même temps, afin de lui assurer un gagne-pain nous lui avons appris à coudre des voiles et à épisser des cordages tout en chantant. On n'apprend *jamais* assez *tôt* à coudre et à épisser. À sept ans le petit était devenu le meilleur vélicouseur de Flandre. C'est alors que le maître Shakko Boustrik, venu spécialement de Paris pour prendre livraison d'une grosse fille de satin, genre *Descente de Croix de Rubens*, entend notre cher petit Vélicou dans *Mon cœur soupire* de Chérubin. Pâmé, il s'écrie « Merveille ! il faut envoyer cet enfant à Naples. Naples, la ville où l'on chante. » Lieu de naissance de tous les grands compositeurs. Jean-Sébastien Bach ! Goethe ! Dostoïevski !… Naples, la ville « que l'on voit et puis sourire ! »

St. Job entre.

ST. JOB

C'est fait, Capitaine. Calmé. Docile. Tout à fait. Doux même.

Tous changent de place. Redistribution des cartes du jeu. Et tous s'immobilisent à nouveau.

MESDEMOISELLES

Doux ! Vous entendez ? Un agneau ! Une chère chose sans défense ! *(Elle a un dernier sanglot tout de suite avalé.)* J'ai donc conduit mon petit Vélicou à Naples. Je l'ai mis en pension dans une maison close. Là je le savais à l'abri des tromblons et des « suivez-moi jeune homme ». Cette maison s'appelait « La Vita Breve ».

LE CAPITAINE, LÉODYCK, *ensemble.*

« La Vita Breve » !

MESDEMOISELLES

Comme il était bien dans cette atmosphère : amours heureuses et caracolantes ! Odeur de poudre de riz et d'eau de Pologne, fleurs en abondance, élégance, bonheur-minute, rêverie immense. Comme l'amour vénal est vivifiant et clair ! Comme l'innocence y est protégée ! Ces dames lui faisaient boire du chocolat et le bourraient de dragées. Informé par le maître Shakko Boustrik, Mélibocca, le célèbre haute-contre, protégeait l'enfant. Client de « La Vita Breve », ami des grands de ce monde, Mélibocca était un pédagogue insigne.

LE CAPITAINE, LÉODYCK, *ensemble.*

Mélibocca !

MESDEMOISELLES

Oui ! L'amant en titre et en secret d'Hamalissa.

LE CAPITAINE, LÉODYCK, *ensemble.*

Hamalissa !

MESDEMOISELLES

Oui ! Secret bien gardé pour éviter les complications avec le roi Léopold II qui ne l'eût pas toléré. Hamalissa et Mélibocca idolâtraient l'enfant et lui enseignaient le chant. Roucoulades, douloudines, arpègeoles, vocalises et voix célestes… C'était exquis. On chantait la nuit, on chantait le jour. Moi, déguisée, j'écoutais aux portes. J'étais heureuse.

Soudain, lointaine, nostalgique, la voix du Vélicouseur. Tous, comme alertés, lèvent la tête et écoutent. Silence.

LA VOIX

Et tu seras mon bourreau d'or.

LE CAPITAINE

Oui… je me souviens.

LA VOIX

Mon bourreau d'or…

LÉODICK

Pureté… *(Violence.)* Quelle voix! Il ne peut être qu'innocent…

MESDEMOISELLES

Oui. Mélibocca lui reconnaissait une des plus belles voix du monde. Au bout de trois ans mon petit Vélicou dépassait son maître.

LA VOIX

… Mon bourreau d'or
Et mon supplice.

MESDEMOISELLES

Hamalissa, Mélibocca et l'enfant passaient des nuits à chanter les trios sublimes des *Noces de Figaro.*

LA VOIX

… Mon lys amer
Ma douce abîme.

MESDEMOISELLES

L'Aube les trouvait à la fenêtre, exténués de musique, et moi, cachée sous le balcon, étranglée de joie, je m'abreuvais de rosée, je dévorais l'aube. Mon fils, mon fils, mon fils. *(Un temps.)* Sa voix s'envolait sur la mer d'Italie, si lointaine, si ténue, qu'on aurait dit l'adieu d'un enfant qui se noie.

Elle rêve.

LE CAPITAINE

... L'adieu d'un enfant qui se noie.

Silence.

LA VOIX

Ma vague lente.

LE CAPITAINE

Je sais que je vais au désastre... et je sais pourtant ce que je devrais faire pour l'éviter. Mais je sais aussi que je ne le ferai pas.

MESDEMOISELLES, *sortant de sa rêverie.*

Oui... c'est là que j'ai vécu. *(D'une voix changée.)* Il faut que je vous dise ce qui m'a perdue... Un jour j'ai cru voir les lèvres d'Hamalissa s'approcher des lèvres de l'enfant... un baiser qui n'était pas... *(Un temps.)* n'était plus... n'était pas un baiser pour enfant. *(Soudain comme folle.)* Jalouse ! Je suis jalouse ! Je suis ! Je suis ! Je suis ! Je suis ! Je suis ! Oui ! *(Calme à nouveau.)*... Je les ai espionnés. Je n'ai plus rien surpris de mal. En secret je humais le linge de mon enfant ! Oui, je m'abaissais à ça ! J'étais folle ! Si j'avais décelé l'odeur fade et poivrée de l'amour, je les aurais tués. Mais rien ! Rien... plus ils paraissaient innocents... plus j'étais jalouse. *(Avec haine et grande violence :)* Il l'aimait ! Elle l'aimait ! Je le sais ! Je le sens ! Je le sais de tout mon corps ! Il aimait Hamalissa et elle l'aimait !

LE CAPITAINE, *soudain violent. À Mesdemoiselles.*

Je vous chasse ! *(Stupeur de tous.)* Vous quittez mon bord à Tanger, en même temps que votre fils. Je vous chasse ! Vous apportez la bassesse ! Et je vous soupçonne de...

Mesdemoiselles se précipite vers la cabine du Capitaine, entre, et ferme la porte derrière elle. Les trois hommes se précipitent à leur tour, secouent la porte.

LE CAPITAINE

Léodyck ! Un levier !

Léodyck sort en courant.

ST. JOB

Pourvu qu'elle ne... Elle va détruire la poupée !

Ils se regardent, puis se précipitent vers la porte qu'ils secouent avec frénésie, et frappent et essaient de l'enfoncer.

LE CAPITAINE, *il crie.*

Ouvrez ! Ouvrez ! Ouvrez !

Léodyck revient avec le levier. La porte cède, la cloison s'ouvre, Mesdemoiselles, très calme, est debout derrière la poupée. On dirait que Mesdemoiselles remonte un ressort. Elle se penche vers la poupée, passe les mains légèrement sur son visage, et, appuyant sur un bouton caché, déclenche un mécanisme. La poupée ouvre la bouche et soudain, elle parle. Les trois hommes écoutent stupéfaits. Mesdemoiselles a un sourire méchant.

HAMALISSA

Cette fois ce n'est donc pas Mesdemoiselles qui parle, mais l'actrice qui joue le rôle de la poupée.

Le lys est un chagrin. On aime y poser les lèvres et pleurer… encore… encore… oh ! oui… encore… encore…

MESDEMOISELLES, *jouant.*

Trop tard, ma chérie…

HAMALISSA

Encore…

Mesdemoiselles arrache un levier et un fil. Hamalissa se tait soudain.

MESDEMOISELLES

Trop tard !

Le Capitaine se précipite vers Mesdemoiselles. Il lui arrache le fil ou la manivelle. Mesdemoiselles, d'une petite voix de fillette, à la poupée.

Fini. Tu ne parleras plus. Cassé. On me chasse… on nous chasse, mon Vélicou et moi… *(Jouant toujours.)* Quel dommage que le Capitaine m'ait obligée à casser ta voix. Fini parler. Fini. *(Soudaine et étincelante colère.)* Écoutez bien, Capitaine Brackx. Mon fils est un génie. Je ne vous l'ai pas dit en vous vendant la poupée. Je vous avoue que je vous l'ai vendue en un moment de jalousie. Mais maintenant je joue carte sur table. Mon Vélicou a inventé des mécanismes de reproduction vocale tout à fait voluptueux et fidèles. Il pourrait faire parler les pierres. Hamalissa est son chef-d'œuvre. Elle pouvait rire, soupire, parlire, chantire, et roucoulire ! Je vous en avais préparé la surprise pour cette nuit. *(Silence.)* Fini ! C'est votre faute. *(Calme.)* J'ai hâte de quitter votre sale sabot. Quand arrivons-nous à Tanger ?

Elle sort.
Noir.

SIXIÈME ÉPISODE

Parler à la mer.

Mesdemoiselles, le Capitaine, St. Job, Léodyck, sur la dunette, la nuit. Chacun isolé, accoudé au bastingage, debout, tous silencieux, immobiles, sauf St. Job, nerveux comme d'habitude, qui va, vient, d'un pas silencieux. Musique de la mer, jusqu'au moment où St. Job voit Mesdemoiselles dans l'ombre. Il s'approche. Elle tourne la tête vers lui et le regarde, impassible.

ST. JOB, *il hésite d'abord.*

Mesdemoiselles… *(Silence, elle ne bouge pas.)* Le Capitaine a été violent… avouez que vous le méritiez…

Silence.

MESDEMOISELLES

Mais où vous ai-je vu ?

ST. JOB

Nulle part. *(Silence.)*

MESDEMOISELLES

À « La Vita Breve » ?

ST. JOB

Ce bordel dont vous avez parlé ?

MESDEMOISELLES, *indignée.*

Bordel !

ST. JOB

Je n'ai jamais été à Naples.

MESDEMOISELLES

Pourtant, je vous ai rencontré autrefois.

ST. JOB

Il n'y a pas de « pourtant »...

MESDEMOISELLES

Dans mon magasin à Anvers ?

ST. JOB, *ironique.*

Vous croyez ? Moi ? Des poupées ? Non, Mesdemoiselles, vous ne m'avez jamais vu. *(Un temps.)* Pourquoi avez-vous fait cela ?

MESDEMOISELLES

Quoi ? Casser la voix de la poupée ?...

ST. JOB, *un temps.*

Quel était votre but ? Je ne puis pas dire que je vous trouve sympathique, mais c'était magistralement joué. Je suis sûr que tout est calculé… Je m'en réjouis. *(Il s'exalte.)* Le Capitaine ! Voilà trois ans que je navigue sous ses ordres. Il était admirable ! Jamais une femme à bord… *(Geste.)* Et à présent, voilà qu'il couche avec la charogne même de cette prostituée. *(Un temps.)* Et si c'était lui l'assassin ?

MESDEMOISELLES

Et qui prouve que ce n'est pas vous ?

Le Capitaine s'approche, elle s'éloigne.

LE CAPITAINE, *il a entendu.*

Continue, St. Job !

ST. JOB, *un instant interdit, il fait face.*

Eh ! bien oui ! Je hais ce que vous êtes devenu. Vous puez le lit ! Vous puez la mort, ou plutôt : la morte ! Ces neuf jours ont été abominables. Les hommes de l'équipage louchaient vers vos hublots. Ils reniflaient l'air sous votre porte pour y trouver l'odeur de la femelle. Ils collaient l'oreille à la cloison pour entendre vos immondes halètements. Quand ils ont appris l'histoire de la poupée, quelle rigolade ! Et Mesdemoiselles ! Et son ignoble fils ! Capitaine, je vous quitte à la première escale. Léodyck, qui baiserait indifféremment une chèvre, une dinde ou une femme, vous comprendra mieux que moi. Je lui cède volontiers ma place de premier officier à bord de ce bordel flottant.

LE CAPITAINE, *froid.*

J'ai parfois envie de t'étrangler.

St Job sort.

Le Capitaine traverse lentement le pont. Il arrive près de Léodyck, debout, immobile dans l'obscurité. Il ne le voit d'abord pas, et puis, devinant une silhouette, il s'arrête à moins de deux pas de lui. Le Capitaine tend son bras, hésitant, comme on le fait dans l'obscurité.

LE CAPITAINE, *hésitant.*

Ah ! vous voilà, Léodyck ?

LÉODYCK

Bonsoir Capitaine.

À ce moment, une vive lumière les éclaire. C'est St. Job qui a ouvert la porte de sa cabine éclairée de l'intérieur. Léodyck fait un mouvement comme pour partir.

LE CAPITAINE

Non... reste...

Silence. Ils sont là, côte à côte, isolés dans la lumière et humant l'obscurité de l'océan.

LE CAPITAINE

Le parfum... la nuit... l'océan. J'aime ces nuits très obscures... l'horizon : là... au bout de mes doigts, et, en même temps, très loin *(Un temps.)* Si je pouvais... Oh ! si j'arrivais à recouvrer le calme. *(Un temps.)* Léodyck... tu as entendu ce qu'a dit St. Job ?

LÉODYCK

Oui. *(Silence.)*

LE CAPITAINE

… J'ai fait un soir une rencontre étrange… Quelques mois après l'assassinat d'Hamalissa… une rencontre… enfin, disons… je ne sais pas. Écoute. C'était la nuit. Une rue obscure. Je ne voyais rien. Rien. Je marchais vite malgré l'obscurité. Et brusquement j'ai senti que quelqu'un se tenait là debout, immobile dans le noir. J'allais me cogner à lui. Je me suis arrêté pile. J'ai crié bêtement «Qui est là?» Pas de réponse. Une présence. Immobile. Tout à fait immobile. Près de moi. À portée de respiration. Quelqu'un, debout. Silencieux. Une idée étrange m'est venue: c'est mon âme. Ma propre âme qui m'attend là. Comme si elle voulait me parler. Léodyck, tu sais que je n'ai pas froid aux yeux. Je sais bien que ce n'était pas mon âme, mais moi-même, mais je n'osais pas bouger. J'ai attendu longtemps… anxieux… comme si quelque chose allait m'être révélé. Longtemps… une heure… un mois… beaucoup, beaucoup plus longtemps. J'attendais quoi? Rien peut-être. Rien. Et tout à coup une lumière s'est faite à la fenêtre d'une maison, un jet de lumière s'est abattu sur le trottoir, avec une sorte de fracas blanc et vide, un choc terrible. Bien sûr, il n'y avait rien ni personne devant moi, ni homme, ni chien, ni âme. J'ai cru que j'allais mourir. *(Silence. Avec angoisse:)* J'ai peur du matin. *(Il se ressaisit, et d'une voix calme:)* Quoi que je fasse, je vais au désastre.

LÉODYCK

Vous êtes un homme tourmenté, Capitaine.

LE CAPITAINE

… C'était quelques mois après l'assassinat d'Hamalissa.

LÉODYCK

Chassez vos loups.

LE CAPITAINE, *avec colère.*

Léodyck ! que faire ? *(Il prend Léodyck par les épaules et le secoue.)* Depuis neuf jours j'étais heureux… et maintenant tout à coup j'ai envie de me vomir moi-même. Mesdemoiselles ! Cette pouffiasse ! Elle m'a tendu la voix d'Hamalissa comme appât… et voilà qu'elle me l'arrache ! Que faire ? Chercher le coupable ? Tout casser ? Chasser Mesdemoiselles ? Que faire ? Livrer son salaud de fils ? Tout ! Tout ! Tout m'est insupportable ! La chaleur ! La mer ! Les vagues molles ! Et le ciel ! Et les bêtes étoiles ! Et le vent ! Le vent chaud ! Le vent dégueulasse !

Il lâche Léodyck, se tourne vers l'océan, s'appuie au bastingage et ne bouge plus. Silence. Léodyck, d'abord sans réaction, se redresse, respire profondément, il va parler avec une grande intensité, ferveur.

LÉODYCK

Tout casser, Capitaine, parce que vous ne parvenez pas à ressusciter une morte ? Pourquoi s'entêter à souffrir alors qu'il y a tant de femmes si merveilleuses ! Elles vivent, elles ! Belles, bonnes, ou douces ! Jeunes, vieilles et même laides, elles sont exquises. Oh ! quelle chance, quelle chance nous avons : les filles existent ! Douces à la bouche ! Lisses aux mains. Cruelles, douloureuses, amères, lumineuses, mais douces, maladroites, ailées, croqueuses, herbes, amourcuses, insolentes, debout, couchées, beau temps fixe, barques, variables, nues, ailées, plages, chiffonneuses, merlettes, mes lits blancs, promenades, mousse d'ombre, mes lampes, mes divines petites grenouilles. Leurs noms accourent Adèle, Aline, Hélène, Ernestine, Anne-Marie, Esthère, Françoise, Simone, que d'attente sous les fenêtres ! Mes délices, Albertine, Rebecca, Élisa,

Roberte et Nicette la démodée, mais si troublante en sa démode. Emma, Hélée, Moumou-la-brûlante, Vera, Véronique, Octavie, Mélanie, et la petite Ancolie qui ne voulait pas aller au fit, qui préférait la pluie, la pluie d'été. *(Joie, alléluia nostalgique.)* C'est merveilleux. J'aime ! J'adore ! C'est merveilleux ! Tout simplement merveilleux. Capitaine, vous ne vous rendez pas compte, mais je les adore… Elles descendent du ciel avec leurs paniers pleins d'oranges et de framboises. *(Un temps, et puis comme un aveu.)*… Je les vénère… oui… vénère ! Elles se livrent sans retour, offertes à tous les coups ! *(Un temps.)* Il fallait que je parle à quelqu'un… Capitaine… chassez vos spectres…

… Un aveu… un peu ridicule je le crains… Mon élan vers toutes va à présent à une seule : à Mesdemoiselles. Je l'ai épiée, je l'ai entendue parler à son fils… si vous saviez ! Ce qu'elle a dit ! Ce qu'elle fait pour lui ! *(Avec élan.)* Ce qu'elle est ! *(Simple et grave.)* Je serais une brute si je ne l'estimais pas. Mais ce ne sont pas des raisons suffisantes pour expliquer une chose étrange : je l'adore… oui, cette femme déjà vieillissante. Pardonnez-lui d'avoir détraqué la voix de la poupée. *(Un temps.)* Je me sens très vulnérable… Je ne sais pas pourquoi… mais, Capitaine, pardonnez-lui… *(Soudain :)* Et je crois, je suis sûr, je le jure, son fils est innocent.

Silence.

LE CAPITAINE, *revenant de son rêve.*
Il n'a pas entendu Léodyck.

Tu disais, Léodyck ?

LÉODYCK, *tristement.*

Rien.

LE CAPITAINE, *le jour s'est levé.*
Le capitaine regarde autour de lui
comme s'il revenait d'un voyage lointain.
Il regarde ses mains, avec surprise.
La lumière se fait sur scène.

… Je vois déjà ma main… Finie… la nuit… *(Il regarde Léodyck avec surprise. Et puis, de la façon la plus inattendue, avec beaucoup de fermeté :)* J'ai pris…

St. Job s'approche du Capitaine qui s'interrompt aussitôt.

ST. JOB

C'est moi… Ce n'est que moi.

LE CAPITAINE

Approche, St. Job.

ST. JOB

Je viens… Je viens m'excuser…

LE CAPITAINE, *il le coupe.*

Voyons, oublie. Oublie, vieux compagnon du vent et de la mer. Venez. J'ai pris une décision.

Noir.
Musique de la mer.

SEPTIÈME ÉPISODE

Le changement de cap.

Le Capitaine et Léodyck près de la coursive. St. Job entre. Le Vélicouseur menottes aux poings le suit docilement, absent de tout.

LE CAPITAINE, *presque avec douceur.*

Détache-le.

ST. JOB

Le détacher ? Il est fou ! fou ! Complètement fou ! Il est capable de tout, capitaine ! Il est fou ! Il se jettera par-dessus bord, rien que pour… !

LE CAPITAINE

Détache-le.

St. Job obéit. Le Vélicouseur se laisse tomber sur un coffre. Il se tourne vers la paroi et se balance mécaniquement d'avant en arrière, sans arrêt. À chaque fois son front touche presque la cloison. Mouvement hallucinant. Silence. Entre Mesdemoiselles, elle reste en retrait.

LE CAPITAINE

Ta mère veut te parler. Mais avant de te laisser seul avec elle, je veux te dire ceci. J'avais décidé de vous débarquer ta mère et toi à Tanger. J'y ai renoncé. Vous resterez à bord. Comme tu le sais, le but de notre voyage est Naples. Vous descendrez là. En arrivant, je dénoncerai à la police judiciaire l'assassin d'Hamalissa. Je sais maintenant qui a fait le coup. J'ai les preuves. *(À St. Job et Léodyck :)* Laissons-les. Venez.

Tous les trois sortent. Le Vélicouseur continue à se balancer. Mesdemoiselles parlera en une sorte de murmure continu, automatique. Certaines phrases ou certains mots s'adaptent au rythme du balancement du Vélicouseur, de façon si précise qu'à certains moments on ne pourrait dire qui suit l'autre.

MESDEMOISELLES

J'en étais sûre ! Charogne ! *(L'injure s'adresse au Capitaine, mais la suite de son monologue est destinée à son fils et à elle-même.)* Qu'est-ce que j'ai fait ! Pourquoi est-ce que je lui ai cassé la voix! Qu'est-ce qui m'a pris ? Pourquoi est-ce que j'ai... je suis immonde ! Jalouse ! Je suis immonde ! Et à présent il te tend un piège. Cesse de te balancer ! Tu entends ! Un piège ! Un piège ! Pardon ! Pardon ! Quand je suis jalouse, je deviens une bête enragée. Que faire. Que faire. Que faire. Que faire, maintenant. Que faire. Où trouver la force ? Cesse de te balancer ! Dis-moi un, un seul, un mot, un mot tendre, dis-moi. Que faire. Que faire. Jamais. Jamais. Tu ne m'as dit un mot tendre. Cesse de te balancer. Jamais. Jamais. Je t'aime. Qu'est-ce que j'ai fait ? Qu'est-ce que je t'ai fait. Pour que jamais, un mot tendre. Jamais. Jamais tendre. Jamais. Un mot. Que faire. Quc faire. Jamais. Jamais. Mot tendre. Jamais, un mot. Un mot. Si tu me dis un mot tendre, j'aurai la force. Que faire ? Nous sommes deux. Si tu es seul, tu es perdu. Si je suis seule, je suis perdue. Si tu me lâches, tu es perdu. Écoute bien. Il te tend un piège. À Naples il nous dénoncera. Il te dénoncera. Il vaut mieux que nous descendions à Tanger. Mais il ne fera pas escale à Tanger. Il nous débarquera à Naples. À Naples, tu es coupable. Il faut ! Il faut que tu me dises si… que tu te confies à moi… Il faut. *(Soudain attentif, il cesse de se balancer.)* Tu étais un enfant si mignon, si câlin, un si gentil petit coquin. Tu me souriais, tu doudou, adou, adoucissais tes yeux verts et tu lançais ton petit nez en l'air ! Frimousse chérie ! Souvenir chéri ! Mais après la chute de ton bon-papa dans la marmite à colle : plus rien ! Rien ! Plus jamais un mot. Rien. *(Il recommence à se balancer.)* J'ai pourtant *tout* fait pour toi ! Tout ! Tout ! J'étais là *tout* le temps. Tout le temps, *tout, tout, tout* pour t'empêcher de tomber, d'avaler des épingles, de mettre les ciseaux dans tes yeux, de boire du pétrole. Pourquoi as-tu cessé de parler ? Dis-moi, dis-moi pourquoi ! Et pourquoi quand tu chantes, tu chantes pour les autres ? Pourquoi ne chantes-tu jamais pour moi ? Si tu chantais pour moi, j'aurais la force de faire face. Pourquoi suis-je obligée de me cacher derrière les portes pour t'entendre chanter ? Jamais ! Jamais rien pour moi. Cesse de te balancer ! *(En un cri désespéré.)* Je te demande pardon ! Je te demande pardon ! *(Un temps.)* Nous sommes dans une situation très, très dangereuse. *(De nouveau calme, peut-être murmuré, suivant le sentiment de l'interprète de ce rôle.)* Si tu veux, je me tue. Je suis venue te dire qu'il te tend un piège. Si tu veux, je me tue. Je me tue. Je me tue. Je me tue si tu veux. Si tu veux. Je me tue. Je regrette tant maintenant d'avoir vendu la poupée au capitaine Brackx. Mais en la vendant je ne savais pas que tu serais triste. Que tu serais triste. Je ne savais pas. Mais si tu veux je me tue. Vraiment je ne savais pas. Mais je l'ai vendue peut-être parce que j'étais jalouse. Et quand je suis jalouse je suis une bête sauvage. Mais j'étais jalouse parce que je t'aime tant. D'ailleurs je voulais la lui vendre et en même temps je ne voulais pas. Que faire ? À présent que faire ? Il y a maintenant aussi ce piège. Je lui ai demandé un prix énorme pour qu'il n'achète pas la poupée et en même temps je lui ai vanté les merveilles de cette poupée merveilleuse tellement j'étais fière de toi qui l'as faite et aussi parce que j'étais jalouse de la poupée et que tu l'aimes. Je ne pouvais pas. Supporter l'idée que tu couches. Avec elle. Pouvais pas. Je l'ai donc vendue mais le prix était très élevé. J'étais donc sûre qu'il ne la prendrait pas. Mais il l'a payée pubis sur l'ongle sans discuter. Et il l'a emportée avec une hâte vraiment concupiscente, comme ça, sans vergogne ni sac à papier. Je ne suis plus jalouse. Mais si tu veux, je me tue. Quand j'ai eu vendu la poupée, je t'ai cherché pour t'expliquer. Tu avais disparu. Alors tu vois, j'ai eu une intuition que seule peut avoir une maman. Je me suis dit : « Mon Vélicou a écouté à la porte pendant que je négociais avec le capitaine Brackx. Il a tout entendu et il est allé à bord du Fameux Findor pour tenter de récupérer la poupée. » Voilà ce que je me suis dit. Mais vraiment si tu veux, je me tue et je laisse un mot m'accusant d'avoir tué Hamalissa. *(Soudain, d'une voix changée. Peut-être est-ce une voix d'enquête.)* Dis-moi, mon chéri – la langue me brûle – dis-moi ? Es-tu coupable de quelque chose ? Mon chéri. Dis-moi, je t'en supplie. Dis : « Je ne suis pas coupable », ou bien dis : « Je suis coupable ». L'un des deux mon petit amour grand, mais j'ai besoin de savoir. Parce que maintenant, il y a le piège. *(L'ombre se fait lentement sur Mesdemoiselles et le Vélicouseur.)* Dis, dis, l'un des deux. Dis, mon chéri. Dis. J'ai besoin que tu… L'un des deux.

Le Vélicouseur continue à se balancer.

Lumière sur le Capitaine et Léodyck, à l'autre bout de la scène, appuyés au bastingage. À un autre endroit du pont, appuyé également au bastingage, St. Job, seul dans la pénombre. Mesdemoiselles continue à parler à voix basse au Vélicouseur.

LÉODYCK

… Mais moi ! moi ! j'ai trouvé ! Peu importe qui il est. Un criminel ? Un monstre ? Peu importe. La voix ! Sa voix ! C'est l'innocence. L'innocence même. Rien, rien ne peut ternir cette lumière là… et Mesdemoiselles, elle aussi – au fond, au fond d'elle-même – elle est un enfant du matin. Si elle pouvait chanter, elle chanterait comme son fils. Pourquoi avez-vous tendu un piège ? Vous avez fermé les issues. Si nous allons à Naples vous le dénoncez. Il sera condamné. Les indices s'accumulent : il a vécu près d'Hamalissa. Il était enfant encore alors, mais elle l'a initié. Contrairement à ce que prétend Mesdemoiselles. Pour lui quelle révélation ! Quel éblouissement ! Cet ange à voix d'enfant dans le lit de la plus belle des mortelles. Jaloux, il l'a tuée. Mais si vous le dénoncez, Capitaine, moi aussi je serai interrogé et je dirai tout. Je dirai que vous avez poursuivi le souvenir d'Hamalissa avec l'acharnement de l'assassin qui veut la tuer une seconde fois. Chaque nuit, vous violez son image. Je ferai tout pour sauver Mesdemoiselles.

LE CAPITAINE,

très calme, comme s'il parlait d'une affaire qui ne le concerne pas.

As-tu songé que toi aussi tu es suspect ? Que faisais-tu à « La Vita Breve » ? Pourquoi as-tu disparu après le crime ? *(Un temps.)* Nous sommes tous suspects. Mais le coupable, nous le savons, c'est le Vélicouseur.

LÉODYCK

Sa voix, Capitaine ! Peu importe si c'est lui l'assassin ! Sa voix !

LE CAPITAINE

Sais-tu que j'ai cinquante-six ans ? C'est le temps des abandons. Des bilans. Des souvenirs aussi. Je veux encore, pendant les quinze jours qui nous séparent de Naples, retrouver la poupée et sa voix. Entendre encore « ce chant d'un enfant qui se noie ». À Naples, je livrerai le Vélicouseur et ce sera la fin du rêve. *(Un temps.)* Tu auras beau faire, Léodyck : « tout va tourner mal. » Mais au moins ce sera une fin. Et en attendant, j'aurai un répit.

LÉODYCK

Renoncez à votre projet ! Je sais, je sens que j'ai raison ! Il est innocent !

Lumière sur le Vélicouseur qui soudain se lève, et d'une voix merveilleuse, une voix qu'il brandit comme une épée de feu.

VÉLICOUSEUR

Je ne veux pas aller à Naples !

Mesdemoiselles pousse un cri, et puis volubile, atterrée :

MESDEMOISELLES

Tais-toi ! Tais-toi ! Tu avoues que tu es coupable, que tu as peur, que tu ne veux pas qu'on t'interroge, tu te perds en disant que tu ne veux pas aller à Naples, tu es perdu. Tais-toi, tais-toi. Oh ! mon petit ! Tais-toi !

Elle s'accroche à lui, il la repousse.

VÉLICOUSEUR

Je ne veux pas aller à Naples !

Lumière sur le Capitaine et sur le Vélicouseur.

LE CAPITAINE, *heureux, délivré.*

J'ai gagné, je le tiens !

LÉODYCK

Capitaine ! Que faites-vous !

Le Capitaine suivi de Léodyck va vers le Vélicouseur et Mesdemoiselles. St. Job lui aussi s'approche.

LE CAPITAINE, *il se tourne vers le Vélicouseur.*

Je lève tes arrêts… fini… tout est oublié…

ST. JOB, *indigné.*

Capitaine ! *(À Léodyck :)* Mais qu'est-ce que c'est ?

LÉODYCK, *n'osant pas espérer.*

Je ne sais pas encore.

LE CAPITAINE

… Et puis, à partir de maintenant, tu es dispensé de tout travail, chante ! *(À St. Job, très calme.)* Tais-toi. *(Au Vélicouseur.)* Je crois que j'ai retrouvé la paix… peut-être parce que j'ai pris une décision. Recueillir des indices, bêtises ! On pourrait retrouver des indices partout. Le monde n'est qu'indices, n'est que traces. Si on cherchait bien, on retrouverait les traces d'un vol de mouettes qui a traversé le ciel il y a mille ans ! Chercher le coupable… les coupables ? N'ouvrons pas les tombes. *(Au Vélicouseur.)* Reste à mon bord. Sois mon ami, je serai le tien : chante. *(Silence. Il se met à marcher de long en large. Le Vélicouseur debout, immobile. À Mesdemoiselles et au Vélicouseur :)* Réparez-la. Je vous donnerai… mais il faut qu'elle parle ! Je vous donnerai… vous me direz… Je vous donnerai ce que vous voudrez. Vous savez, je me rends compte... Enchantement ! C'est... *(Silence. À Mesdemoiselles.)* Sa voix descend du ciel... *(Un temps.)* Je vous demande pardon. *(Au Vélicouseur :)* Enfant, je te dis comme dans un conte : « Fais un souhait. Je l'exaucerai. » Oui, fais un souhait ! Demande-moi l'océan, demande-moi la plus petite perle du monde ou la plus grande. Des fleurs ? Un oiseau ? Des femmes ? La mer ? Une maison cachée ? Un palais à Venise ? Choisis. Fais-le, ce souhait, n'importe quel souhait. Fais-le ! Je l'exaucerai.

Silence.

VÉLICOUSEUR, *cette fois c'est la voix sans colère.*

Je ne veux pas
Aller à Naples !

LE CAPITAINE, *il sourit.*

Léodyck, va donner l'ordre de virer de bord. Tu es exaucé. Nous n'irons pas à Naples.

Léodyck sort.

On entend en coulisses les ordres donnés au moyen d'un sifflet, sorte de flûte suraiguë. Le bateau vire de bord. Tout bascule donc, la lumière du soleil levant, qui venait de la gauche, vient à présent de la droite. Suite au virage, le Fameux Findor s'anime pendant quelques instants d'un léger roulis.

Le Capitaine, Mesdemoiselles et le Vélicouseur, pour garder l'équilibre, oscillent lentement de gauche à droite, une lanterne, un cordage, ou autre objet oscillent au même rythme. Impression de calme et d'apaisement.

MESDEMOISELLES, *joyeuse.*

Nous n'irons pas à Naples.

VÉLICOUSEUR, *joie.*

Victorieuse cascade mi-chantée, mi-parlée :

Nous n'allons
pas
à Naples *(Point d'orgue.)*
(Il s'approche de la poupée.)
Je la ferai
rire,
soupire,
parlire,
chantire
et roucoulire…

MESDEMOISELLES, *elle se jette dans les bras du Vélicouseur.*

Mon chéri ! Mon petit ! Mon sauveur !

VÉLICOUSEUR, *il la repousse brutalement.*

Fous-moi la paix !

Mesdemoiselles, prise de peur, recule d'un pas. À ce moment, on entend le bruit d'une chute venant de la bouche d'aération, large tuyau en toile dont on équipe le bateau par les chauds jours d'été. Un homme en est expulsé et roule sur le pont. Il est vêtu de haillons comme un mendiant. Il a entre 60 et 70 ans. Malgré ses vêtements en loques, il a une allure extraordinairement élégante. Il se relève, avec aisance, et salue tour à tour Mesdemoiselles, le Vélicouseur et le Capitaine. Il a un accent anglais très « distinglé » comme aurait dit Queneau. Il mélange le français, l'anglais et l'italien.

Sauf un léger accent, il parle un français excellent où des tournures vieillies voisinent avec des expressions curieuses ou amusantes ou encore cyniques. Il a, bien entendu, le sens de l'humour.

L. L.

Mes hommages Mesdemoiselles, mon jeune Vélicoucou. Come sta, depuis Naples? Comment ça va depuis le meurtre? Hallo Capitaine Brackx ! Salute Leodicco!

MESDEMOISELLES, *ahurie.*

Lord La Roque de Luna!

LE CAPITAINE, *ahuri.*

Vous!

L. L.

Oh! dites simplement: L. L. C'est moins trébuchant que toutes ces Roques et toutes ces Lunes!

LE CAPITAINE

Lord L. L.! Mais… d'où...

L. L., *le coupant.*

Attendez, cher. N'ayant passagèrement point d'argent pour acheter un passage de passager payant, et désirant me rendre à Naples, je me suis caché, ce qui n'est pas sage, en qualité de passager clandestin dans cette bouche d'aération – assez confortable, ma foi, d'où j'entendais tout ce qui se disait à bord. Je sais donc tout! Vos précieuses conversations se mêlaient aux odeurs de cuisine de votre beau navire. De ces odeurs, j'ai tartiné les biscuits dont je m'étais pourvu. Exquis ! Exquis ! Tellement exquis que j'ai avalé presto et sans mesure ma provision. Depuis quatre jours, me voilà à jeun. Ma foi, j'ai tenu jusqu'à l'instant où vous avez changé de cap. Cette manœuvre a suscité un roulis expulsif qui m'a projeté hors de ma cachette avec la force d'une boulette de canon semblable à celles que Wellington expédiait à Napoléon. Grâce à cet incident, j'ai le privilège de vous saluer. Dit-on incident ou incendie ?

Il s'évanouit.

MESDEMOISELLES, LE CAPITAINE,
LÉODYCK, ST. JOB, *brouhaha.*
Le Vélicouseur ne dit rien et ne bouge pas.

Quoi ? Il est blessé ? Vite ! Lord La Roque ? L. L. ! Non… ce n'est rien… Étendez-le… *(Etc.)*

L. L., *il ouvre un œil, et profitant d'un silence.*

C'est une petite faim, I presume.

Il s'évanouit de nouveau.

MESDEMOISELLES

Attendez !

Elle court vers la cuisine.

L. L., *il ouvre l'œil et puis retombe,*
mais il a le temps de dire.

… Et une petite soif… Scusi !

Il s'évanouit. On se penche sur lui. Le Vélicouseur s'approche, et lui donne deux gifles. L. L., après un moment, se redresse, secoue la tête et s'ébroue.

VÉLICOUSEUR, *chanté-parlé, féroce.*

Allora?
Vieux crachat!
Come sta,
Vieux plâtras!

L. L.

Va bene, ô vigoureux Vélicoucou! Oh! oh! « O » par-ci, « o » par-là. Merci! Thank you. Mille grazie. Je vous cause du trouble beaucoup. I'm so sorry, carissimo Velicucironi mio.

LE CAPITAINE

Mon cher L. L. vous arrivez à un moment… Quelle chance… je me suis inquiété à tort… je vous invite ce soir… à une fête. *(À Léodyck.)* Et vous… tous… *(Au Vélicouseur, avec une grande tendresse.)* Toi aussi.

Il sourit et va pour sortir.

L. L., *il le regarde s'éloigner.*

Dear Brackx. I'm so sorry for him! Son avenir est obscurissime, catastrophissime même. Avrà delle seccature.

Mesdemoiselles revient, Elle porte un grand plateau débordant de victuailles et de bouteilles.

Noir.

Musique de la mer.

HUITIÈME ÉPISODE

Assister à votre fin.

L'antichambre-salon du Capitaine. Le soir.
Le Capitaine seul, debout, pensif. Lord L. L. entre.

LE CAPITAINE

Ah ! Mon cher L. L. vous voilà. Êtes-vous remis de votre évanouissement ?

L. L.

Une feinte. *(Ment-il ? Oui, il ment.)*

LE CAPITAINE

Comment ?

L. L.

Dit-on « feinte » ou « fente » ?...

Il rit. C'est un petit rire très différent du vaste rire généreux de Léodyck.

LE CAPITAINE

Vous n'avez pas changé.

L. L.

Ou une méthode. Comme vous voudrez.

LE CAPITAINE

Pourquoi ces cachotteries ? ...

L. L.

Broutilles ! Ma ! *(Geste à l'italienne.)*
À puce futée
Gros benêt mordu.

Silence.

LE CAPITAINE

Où voulez-vous en venir ? *(Et tout à coup, sérieux. Il est repris – mais inconsciemment – par la méfiance.)* Pourquoi vous êtes-vous embarqué sur le Fameux Findor ?

L. L., *en riant.*

Ma ! *(Même geste.)*
Quella insolenza, quel l'altezza!
Quel vapore, quella locomotiva !
Et ça, un soir de bonheur !

LE CAPITAINE, *sec.*

Répondez-moi.

L. L.

J'étais l'homme le plus riche d'Angleterre, donc du monde. Chaque fois qu'Hamalissa me mangeait un château, mon amour pour elle s'accroissait de la valeur et du volume du château perdu. Elle m'en a mangé quinze avec mes forêts, mes villages, mes rivières, mes ponts, mes prés, mes vaches et mes cochons. Finalement, mon amour pour elle était gros de quinze domaines vendus. Et moâ, en haillons, je mendiais devant sa porte…

LE CAPITAINE

Je sais tout ça. Au fait.

L. L.

… Quand elle est morte ce fut une catastrophe, une catacombe, que dis-je, une péninsule, car je n'aime pas coucher avec une morte. Non je n'aime pas ça. Et depuis lors, je souffre d'une curiosité démente : qui est-ce qui a assassiné Hamalissa et pourquoi ? La police judiciaire avait dénombré quarante-deux suspects – dont vous et moâ. J'ai passé tout cela au tamis fin. Après longues enquêtes, j'ai absous la plupart de ces honorables gentlemen, y compris souteneurs et maquereaux. Dit-on maquereau ou passereau ? J'ai suivi ça de près depuis neuf ans, et quand j'ai appris que le Fameux Findor appareillait pour Naples, je suis arrivé à l'encourageante conclusion que l'assassin est à votre bord Capitaine. Je suis ici pour démasquer le coquin. Et… Assister à votre fin.

LE CAPITAINE

Pas d'enquête. Je ne veux pas !

L. L.

Oh ! Du calme ! Je ne fouillasserai point.

LE CAPITAINE

Vous comprenez L. L. ? Je suis guéri. Je passe l'éponge.

L. L., *ironique.*

Mes félicitations, cher ! Guéri ! Éponge ! Exquis ! Passer ! Tout passe.

LE CAPITAINE

La poupée sera bientôt réparée, elle parlera. Nous fêterons ça. Nous revivrons la dernière nuit d'Hamalissa. Tous.

L. L., *même jeu.*

Tous ?

LE CAPITAINE

Mesdemoiselles sera la magicienne de la soirée. Elle se souvient de tout ce qui a été dit… tout… mot pour mot… geste pour geste…

L. L.

Moi aussi, je me souviens !

LE CAPITAINE

… Ce sera, comprenez-moi bien : une revivance…

L. L.

Charmante idée. Au besoin, je serai le souffleur. Je n'oublie jamais rien.

LE CAPITAINE

… Une évocation… si j'osais dire : une transfiguration.

L. L.

By Jove! Je dirais plutôt : « reconstitution » de la soirée qui précède l'assassinat, mais comme cette fois il n'y aura point d'assassinée, il n'y aura point d'assassin. Comme c'est bien !

LE CAPITAINE, *calme.*

Je crois que je vais vous jeter par-dessus bord.

L. L.

Qui ?

LE CAPITAINE

Vous !

L. L.

Moi ?

LE CAPITAINE

Lord La Roque de Luna seriez-vous l'assassin qui revient sur les lieux du crime ?

L. L., *est-il sérieux, ne l'est-il pas ?*

Ce soir le coupable se désignera lui-même.

Noir.
Musique de la mer, très courte.

NEUVIÈME ÉPISODE

La Fête.

La cabine du Capitaine.
Mesdemoiselles, L. L., le Vélicouseur, Hamalissa.

MESDEMOISELLES, *elle achève de préparer la poupée.*

… Et je suis bonne habilleuse. Froufrous, rubans, frissons, moues, envol des cils, et les gestes qui promettent sans promettre…

L. L.

Vous étiez là le soir du…

MESDEMOISELLES, *elle l'interrompt.*

Vous le savez aussi bien que moi puisque vous étiez là aussi. *(Un temps.)* Avec la même bobine de fouine lécheuse.

L.L.

Dit-on bobine ou babine ?

MESDEMOISELLES

Ne faites pas la bête.

L.L.

Oh ! Pardon ! Je ne puis m'en empêcher : j'asticote. La poupée est-elle réparée ?

VÉLICOUSEUR, *pour la première fois, il semble heureux. Chanté-parlé.*

Elle parle !

L.L., *distraitement.*

Bravo ! bravo !

Il prend une chaise et après avoir hésité un instant, il choisit un endroit où la déposer.

MESDEMOISELLES, *avec suspicion.*

Que faites-vous ?

L. L.

Scusi ! Vous le savez aussi bien que moi puisque vous étiez parmi nous à « La Vita Breve ». La chaise était exactement ici.

MESDEMOISELLES

Le jeune homme qui s'y est assis…

L. L., *il l'interrompt.*

… Le jeune homme n'est pas à bord du Fameux Findor…

MESDEMOISELLES

Alors pourquoi cette chaise...

L. L.

Fantaisie, carissima. Fantaisie pour un jeune marin barbu qui a disparu.

MESDEMOISELLES

Vous ! Vous préparez un mauvais coup…

L. L., *suave.*

Nous sommes tous ici pour faire des mauvais coups. *(Un temps. Il regarde la chaise.)* Ce soir… ou je me trompe fort, ou quelqu'un… *(Il s'interrompt, surpris ; il regarde le Vélicouseur, qui aussitôt s'écarte. Un temps. L.L. s'écrie :)* No, io ? Impossibile, caro Velicoucou ! Qu'avez-vous fait du couteau de marin à manche rouge que vous portiez sur la fesse droite le soir du crime ?

Le Vélicouseur va vers lui, menaçant. Mesdemoiselles s'élance entre eux et crie au Vélicouseur.

MESDEMOISELLES

Pas ça ! Non !

Entre le Capitaine, suivi de St. Job et de Léodyck en uniforme de sortie.

L. L., *joyeux.*

Ah ! Voilà ! Voilà le début de la danse…

LE CAPITAINE, *heureux.*

Réparée ? Elle parle ?

VÉLICOUSEUR, *avec fierté, chanté-parlé.*

Elle parle !

LE CAPITAINE

Elle parle !

L. L.

… De la danse de mort. *(À St. Job qui se dirige machinalement vers la chaise vide :)* Scusi caro mio, vraiment, St. Job, pourquoi regardez-vous cette chaise ? Voulez-vous que je vous présente ? Vous n'êtes jamais allé à Naples, vous n'étiez donc point acteur de cette veillée funébulaire. Ce soir vous êtes un simple spectateur. Léodyck, là ! Capitaine, ici !

VÉLICOUSEUR

Elle parle !

LÉODYCK

J'étais près d'Hamalissa…

Il s'assied.

LE CAPITAINE

Je revenais d'une promenade. Quand je suis arrivé à « La Vita Breve », la soirée avait commencé.

MESDEMOISELLES

J'étais ici… *(Au Vélicouseur :)* et toi là.

VÉLICOUSEUR, *chanté-parlé.*

« È quasi pronto. »

LE CAPITAINE

… Musique… danse… certains soupaient déjà… ici, dans le petit salon d'Hamalissa, nous autour d'elle… fleurs… parfum… parfum du plaisir.

Il regarde la poupée. La lumière s'intensifie sur Hamalissa. Elle est couverte d'un voile ou d'un drap.

Silence. Silence de tous.
D'un geste précis d'habilleuse,
Mesdemoiselles la dévoile.

Dans une élégante robe rouge sang, Hamalissa, très belle, apparaît. Lèvres d'un rouge intense, du même rouge que la robe. Visage très pâle presque blanc. Gestes lents. Il va de soi que tous les gestes d'Hamalissa seront animés par Mesdemoiselles.

LE CAPITAINE, *soudain, avec force, rompt le silence.*

C'est la robe qu'elle portait ce soir-là.

MESDEMOISELLES, *elle la coiffe.*

J'ai acheté sa garde-robe après sa mort. Tout. Trente malles. Sauf la robe d'or. *(Un temps.)* La robe d'or qu'elle portait quand elle a été assassinée. La justice l'a confisquée comme pièce à conviction. Cette robe-ci, vous vous souvenez ? Elle l'a portée jusqu'à deux heures du matin... Nous revivons les heures ultimes d'Hamalissa. Je suis très émue. Elle avait encore sept heures à vivre telle que vous la voyez là. Si belle. Si douce. Douce et violente. Si violente. Troublante. Si troublante. Si cruelle. Belle et belle. Douce et douce. Si cruelle ! *(Au Vélicouseur :)* Tu es prêt ? *(Silence.)* Oui ?... bien. Vous allez entendre la reconstitution de tout ce qu'elle a dit. Je me souviens de chaque mot. Je vous voyais comme je vous vois ce soir... vous étiez là où vous êtes, j'étais où je suis, et mes mains où elles sont. Je me suis penchée, un peu, comme je me penche... j'ai effleuré, légèrement, légèrement son visage, comme je l'effleure... et elle a dit...

HAMALISSA,
elle a une voix lointaine, troublante, qui ne rappelle en rien une voix de phonographe. Seul le rythme de ses paroles est irréel. Sa bouche ne bouge pas ou à peine. Battant des cils.

Oh ! Quelle heure est-il ?

MESDEMOISELLES, *elle continue comme si Hamalissa n'avait pas parlé.*

... légèrement, légèrement, sans la toucher... effleuré.

HAMALISSA

Sur ma joue, j'ai senti comme le bout du bout de l'aile d'une mouette.

MESDEMOISELLES

... J'ai vérifié les plis de sa robe...

HAMALISSA

Bonsoir Brackx… Léodyck… bonsoir… L. L. bonsoir…

MESDEMOISELLES

… Je lui ai tendu un miroir…

LE CAPITAINE, *il se lève et avec ivresse.*

Non, mais ! Vous rendez-vous compte ! Vous vous rendez compte de ce qui se passe ?!

Le Capitaine émerveillé marche lentement de l'un à l'autre, s'arrête le temps de dire une phrase et puis continue sa marche.

La machinerie qui fait parler Hamalissa étant mise en marche, le Vélicouseur s'est redressé. Il se fige, sur ses gardes, muet, attentif.

Hamalissa vérifie sa coiffure une dernière fois, recule un peu la tête, s'admire dans le miroir et le rend à Mesdemoiselles.

HAMALISSA

Mesdemoiselles, apporte-moi un de mes sourires…

MESDEMOISELLES

Lequel Madame ? Vous avez des sourires de toutes sortes…

HAMALISSA

Mon nouveau sourire de ce matin. Mon sourire rouge, mon sourire blanc, mon sourire rouge et blanc.

LE CAPITAINE, *à St. Job qui ne bouge pas.*

Mais tu ne te rends pas compte! Une sorte de… miracle… le moment où… *(Un temps.)* le moment… secret… où l'on cesse d'avoir mal.

MESDEMOISELLES

Ce jeu, je le connaissais. Quand elle rencontrait un homme qui lui plaisait, elle créait pour lui – pour lui seul – un sourire neuf.

Du bout des doigts, elle étire les lèvres d'Hamalissa en un sourire miraculeux. Silence.

LE CAPITAINE

Oui… c'est… *(Sous-entendu: « C'est un de ces moments de joie comme on n'en rencontre qu'une fois dans sa vie. »)*

L. L., *dans le silence de tous, d'une petite voix de porte non huilée et sarcastique.*

Exquis!

LE CAPITAINE

… Merveilleux…

MESDEMOISELLES

Ma chérie! Tu es belle… parle…

L. L., *jubilant.*

Ça va tourner mal…

LE CAPITAINE, *une explosion de joie.*

Merveilleux!

LÉODYCK, *que le sourire d'Hamalissa émerveille aussi.*

Non!... mais... non!

LE CAPITAINE

... Nous trouverons des îles... là où l'eau est plus transparente encore que l'air... des îles.

L. L., *il jubile.*

Ça va mal, ça va mal.

LE CAPITAINE

Amis, chers amis, nous sommes sauvés! Le temps ressuscité.

HAMALISSA

Je me sens un peu triste. J'irai tout à l'heure dans mon verger du Pausilippe. J'ai fait étendre mon plus beau tapis sous les citronniers. J'y ai fait mettre des coussins doux. C'est là qu'un de vous m'accompagnera. Nous aurons la nuit pour toute obscurité, et l'étoile du matin pour toute lumière. Oui, c'est là que nous passerons l'heure qui sépare la nuit du jour. Nous saurons alors si les caresses sont devenues amères. Le matin viendra, et avec lui, nos yeux cernés, nos yeux gonflés. Mes joies – même les plus petites – meurent en naissant... et leurs petits cadavres pourrissent dans mes bras... *(Silence.)* J'ai besoin de beaucoup de tendresse.

VÉLICOUSEUR, *cri-chanté.*

Hamalissa! *(Comme un appel qui vient de l'autre rive d'un grand fleuve.)*

L.L., *il jubile.*
Il s'approche du Vélicouseur
et lui dit avec une ironie féroce.

Que se passe-t-il mon petit Vélicoucou ? O dear ! O dear !

Silence, et puis, à la cantonade.

Nous approchons
nous approchons
Comme le boucher
S'approche du cochon.

Silence.

Oui… je me souviens. Elle avait ses moments de spleen. Elle disait : « J'ai mal à mon âme d'ombre. »

MESDEMOISELLES

À ce moment, Léodyck, vous vous êtes précipité vers elle.

LÉODYCK

Pardonnez-moi, Mesdemoiselles… ce sera ma dernière petite folie…

L. L., *à Léodyck.*

Va ! Va ! Va ! Presto ! Presto ! Mescola le carte. Non hai, dimenticato, Léodyck? Vous vous jetâtes à ses pieds, Ô très jeune fou que vous fûtes ! Go on !

MESDEMOISELLES

Léodyck ! Va !

LÉODYCK, *s'élance vers elle.*
Il parle soulevé de joie.

Madame, la joie, c'est vous qui la donnez en tout. Vous avez déjà mangé le modeste héritage que j'ai reçu de l'oncle

Gustave, la ferme de Fumes, la prairie, quatre vaches, deux cochons, dix poules... ma chèvre de Monsieur Seguin, mes porcelaines Ming. Je n'ai plus que ma chatte Mitsou et ma grand-mère. Vous m'avez lessivé! Je me sens léger, léger, ce matin encore, je descendais vers le port. Léger! Léger! J'envoyais des baisers à chaque fenêtre... à chaque porte. Je posais mes lèvres ici et là sur une dalle en plein milieu de la rue ou sur le marche-pied d'un fiacre. Car peut-être – qui sait – passeriez-vous par là.

HAMALISSA, *elle sourit.*

Fou! *(Elle attire à nouveau Léodyck, et respire le parfum de ses cheveux. Elle rit, à la fois heureuse et ambiguë.)* Tu as l'air crevé... tes yeux meurtris... Tu seras heureux... Et tu mourras. Nous mourrons, nous mourrons de la bonne, bonne mort... tu me tueras un peu... Je te tuerai beaucoup... Je ne suis plus triste. *(Silence.)* J'ai déjà besoin de faire mal. *(Court silence.)* Je te remets à demain, Léodyck... J'attends quelqu'un d'autre ce soir.

LÉODYCK, *il se lève.*

Comme elle était cruelle. Comme je l'aimais! Comme j'avais mal! Pour qui faisait-elle sa joue si douce et ses lèvres si gonflées? J'avais envie de la tuer...

L. L. rit méchamment.

HAMALISSA, *à Léodyck, affectueusement moqueuse.*

Va-t'en.

Elle le retient.

L. L., *il jubile.*

C'est lui ! Vous verrez ! Lui !

HAMALISSA, *toujours à Léodyck.*

Je te donnerai le lys demain… ou après-demain… ou le trente et un du mois d'août… ce soir je donne le lys à…

LE CAPITAINE

Moi !

L. L.

Io !

LÉODYCK

Moi !

LE VÉLICOUSEUR, *chanté-parlé.*
Un cri de fureur et d'espoir.

Moi ! moi !

MESDEMOISELLES, *au Vélicouseur, brutalement.*

Laisse-moi faire ! Tais-toi !

Silence.

HAMALISSA

… Je le donne au très jeune homme qui n'a rien dit encore. Oui, là ! … Celui qui a une barbe candide et des yeux innocents. *(Elle s'adresse à la chaise vide :)* J'ai envie de toi ! Tu m'as écrit une si belle lettre… si touchante… Viens… ne perdons pas de temps… allons tout de suite… dans le verger… sous les citronniers…

Silence.

MESDEMOISELLES, *elle prend le lys, qu'elle donne à Hamalissa.*

Le jeune homme « aux yeux d'eau pure » n'est pas parmi nous. *(Silence.)* Ici bifurquent les chemins.

LE CAPITAINE, *il sourit.*

Oui. *(Un temps.)*… mais c'est moi à présent qui…

MESDEMOISELLES, *l'interrompant.*

Décidons donc à qui donner le lys.

LE CAPITAINE

À personne ! À moi !

MESDEMOISELLES, *montrant le Vélicouseur.*

C'est mon cher enfant qui le mérite… Lui. Le créateur de la poupée. L'inventeur de cet enchantement. Donnez-lui cette joie. Une nuit. Une seule nuit. Il n'a jamais eu Hamalissa.

L. L., *de plus en plus heureux.*

Elle ment !

MESDEMOISELLES

Donnez-la-lui, Capitaine ! Une nuit ! Après cela vous l'aurez pour toujours. Mais, cette nuit, donnez-la-lui !

Elle veut donner le lys au Vélicouseur. St. Job, très pâle, est resté à l'écart, immobile, pendant toute la soirée. Il arrache le lys des mains de Mesdemoiselles.

ST. JOB

Non ! À moi ! *(Court silence stupéfait de tous.)* À moi !

L. L., *il rit.*

Exquis.

LÉODYCK

Te mêle pas de ça !

Silence.

ST. JOB

Capitaine ! Moi ! Moi ! C'est moi qui étais assis là, ce fameux soir, moi !

L. L.

Déballe !

Il lui prend le lys et le met dans les mains d'Hamalissa.

ST. JOB

Oui ! Je vais parler.

L. L.

Va ! Va !

Ce sont des sortes de petits aboiements secs comme on en fait pour exciter un chien à attaquer.

ST. JOB

Oui. Moi. *(Silence. Puis St. Job, après avoir respiré profondément, parle d'une voix normale.)* Je n'osais pas entrer à « La Vita Breve ». *(À L. L. :)* Un soir, Hamalissa a passé et m'a pris sous le bras en souriant. « Entre ! Entre ! Pas besoin d'argent. Toutes les filles de "La Vita Breve" sont à toi. Elles me diront ce que tu vaux. »

L. L., *il jubile.*

Oui ! Tout à coup je te reconnais. *(Aux autres :)* C'est lui.

ST. JOB

Le palais, les lumières, les cristaux, les ors, les portes…

L. L.

Connu ! Entre.

Très vite en mimant de la main un livre que l'on feuillette.

ST. JOB

Et toutes ces filles ! Douda, Alénice, Daniela.

L. L.

Plus vite, plus vite.

ST. JOB, *enchaînant.*

Ce soir-là, j'ai vu Hamalissa.

L. L., *doutant.*

C'est lui ?…

ST. JOB

Elle m'a fait entrer. Vous étiez là. Je vous aurais tués. Je ne vous connaissais pas mais rien qu'à vous voir près d'elle vous étiez mes ennemis ! Vous baviez ! Vous ne m'avez même pas vu entrer. Hamalissa. Aimée, adorée. Je l'aurais tuée.

L. L.

Enfin ! tuée ! Bon ! Bon ! Bon ! Tuée ? Tu as bien dit : je l'aurais tuée ?

ST. JOB, *une sorte de colère divine venant de ce souvenir monte en lui.*

Tuée ! Tuée ! Tuée ! Je dis tuée ! et les filles aussi, tuées. Je les adorais.

L. L., *il jubile.*

Tuée !

ST. JOB, *calme.*

La veille, je lui avais adressé deux vers d'un jeune poète, un ami d'Anvers…

L. L.

Dis-les !

Il se frotte les mains. Il jubile.

ST. JOB

… Je les avais recopiés et envoyés à Hamalissa comme si j'en étais l'auteur.

« Et vous serez ma belle actrice
Mon bourreau d'or et mon supplice. »

Et puis d'un trait j'ai inventé – *inventé* – la suite :

« Et vous serez
Mon lit, ma joie, mon océan.
Et vous serez mon éventrée,
Ma vie, ma mort, mon immolée. »

L. L., *jubilant*

Ça va très mal, donc très bien.

ST. JOB

J'ai signé et en post-scriptum, j'ai ajouté quatre mots. Une bassesse. J'en ai honte. J'ai ajouté ces mots : « Je suis très pauvre » *(Avec une violence inouïe.)* comme pour solliciter sa pitié. Bassesse ! Nom de Dieu ! Je crache ! Je crache ! *(Calme.)* J'ai reçu la réponse une heure après. Le beau nègre d'Hamalissa me l'a apportée, le beau nègre rouge et noir. Elle m'invitait à venir le soir même. Et c'est ainsi que je me suis trouvé parmi vous. Je me souviens. Hamalissa lève la main. La fenêtre est ouverte. Au loin la mer chante. La nuit.

Silence, et puis on entend comme venant de très loin le murmure d'une voix, c'est la voix de la poupée.

HAMALISSA, *elle enchaîne sur le texte murmuré qui s'est lentement amplifié. On va la comprendre… on la comprend :*

Qui est là ? Le vent ? Viens.

ST. JOB

Alors, elle s'est levée, s'est avancée vers moi et m'a donné le lys rouge.

Mesdemoiselles et le Vélicouseur sont immobiles, figés, muets. St. Job va vers Hamalissa et lui prend le lys, sans que personne ne songe à l'en empêcher.

L. L., *très bas.*

Nous y sommes…

Silence. Le Vélicouseur va vers St. Job.

VÉLICOUSEUR, *chant-cri furieux.*

Ah ! C'est toi ! toi ! C'était donc toi !

Il le prend à la gorge avec fureur. Tumulte. On tente de les séparer. L. L. qui jubile se tient à l'écart comme un prophète de malheur qui assisterait à la réalisation de sa prophétie. Il glapit. Il encourage le Vélicouseur de la voix. Ses glapissements d'abord sont couverts par les cris des autres, mais surgissent comme des bulles qui remontent à la surface de l'eau et sont englouties à nouveau. Ecroulement de verres, chocs, etc.

L. L.

Allez-y ! Avanti ! Étripez ! Éborgnez ! Crachez vos dents ! Encore ! Arrachez-vous les organisations génitales ! Encore ! Go on ! Pompez-vous les yeux ! Crépitez-vous les oreilles ! Dégorgez ! Étranglez ! Crevez-vous la rate ! Portez-vous des coups bas ! Avanti ! *(Quelques mots italiens encore. L'obscurité se fait tout à fait, et en même temps le silence revient sur scène. Alors dans le silence total, la voix de L.L. solitaire et gracile :)* Exquis ! Exquis !

Musique de la mer, très courte.

DIXIÈME ÉPISODE

Un problème exquis.

La nuit.

Tous les personnages – sauf le Vélicouseur – vont et viennent lentement, s'arrêtent un instant. Ils auront chacun un point d'attache – la dunette, le pont, la coursive, où nous les avons déjà vus souvent – vers où ils retournent après les brefs dialogues qu'ils ont au hasard des rencontres.

ST. JOB

Capitaine ? Avez-vous réfléchi ?

LE CAPITAINE

Oui… Oui… St. Job, nous ne changerons pas de cap.

ST. JOB

Capitaine ! Il faut le livrer !

LE CAPITAINE

Nous n'irons pas à Naples.

ST. JOB

Il est le coupable…

LE CAPITAINE

… Un enfant !

ST. JOB, *avec indignation.*

Un enfant ! Je le livrerai à la police cet « enfant » ! à Naples !

LE CAPITAINE

Un enfant…

ST. JOB, *il glapit.*

Un assassin !

LE CAPITAINE, *calme.*

Un enfant.

Mesdemoiselles s'approche.

MESDEMOISELLES, *au Capitaine.*

Je voudrais parler à mon fils. Écoutez, il ne ferait pas de mal à…

ST. JOB, *il la coupe et il crie.*

Non ? Et moi alors ? Qu'est-ce qu'il…

LE CAPITAINE, *il l'interrompt.*

Tais-toi !

Léodyck se joint à eux.

MESDEMOISELLES

Seul ! Enfermé ! Poussé à bout ! Laissez-moi lui parler… lui donner un peu de douceur.

ST. JOB, *il glapit.*

Douceur !? Voyez ! Ici ! *(Geste vers sa gorge. Avec haine :)* Hein ? Douceur ! *(Léodyck rit de son rire large et généreux. St. Job se tourne vers lui, furieux.)* Eh bien ! Quoi ?

LÉODYCK

C'est d'un drôle…

ST. JOB, *de plus en plus violent.*

Drôle ?

MESDEMOISELLES

… Capitaine… la clef… je vous la rapporterai…

ST. JOB, *au Capitaine.*

Autrefois on l'aurait pendu !

Le Capitaine donne la clef à Mesdemoiselles. Elle sort.

LE CAPITAINE

Un enfant.

ST. JOB

Je veux qu'il soit jugé.

Le Capitaine s'éloigne vers la dunette.

LÉODYCK, *il respire profondément.*

Une chose entraîne l'autre, qui en entraîne une autre…

ST. JOB

Le Capitaine refuse de changer de cap… À la première escale, je quitte le bateau.

LÉODYCK

Bah ! On dirait que tu n'as jamais assisté à une bagarre de marins.

L. L. s'est approché.

ST. JOB, *de sa voix aiguë.*

Vous le protégez !

L. L.

Je vois que j'arrive au bon moment. C'est la crise.

ST. JOB, *de sa voix la plus aiguë.*

Quelle crise ?

L. L.

La crise de nerfs.

ST. JOB

Vous le protégez tous ! Tous ! Tous ! Tous ! Mais je m'en fous ! Si vous saviez comme je m'en fous ! Je m'en fous ! Je m'en fous ! Je m'en fous !

L. L.

Ah ! non… je vous en prie… pas ça… J'adore les cris à vapeurs des dames. Je les hais chez les hommes et particulièrement chez les officiers de la marine marchande.

ST. JOB, *tendu et obstiné.*

Je porterai plainte ! Contre vous aussi !

L. L., *avec un calme exaspérant.*

Voyons, cher ! Calmez-vous ! Aspirez l'air par la trompe selon la coutume des éléphants – dit-on trompe ou trompette ?

Léodyck rit.

ST. JOB, *avec haine.*

Je vous revaudrai ça.

Il lui tourne le dos et sort.

L. L., *suave.*

Il parle comme on marche sur la pointe des pieds.

On avance. N'y touchons plus. Silence alors. L'événement… suspendu… à… un fil… qui va… craquer… dit-on… craquer… ou caqueter ? Quelle joie, quel privilège d'être invité à assister à une catastrophe. C'est incroyable : à quelques heures de l'événement – que dis-je ? À quelques minutes peut-être ! – nous sommes tous encore superbement suspects.

Il se frotte les mains.
Noir.
Musique de la mer.

ONZIÈME ÉPISODE

Devant la resserre aux voiles.

Le Vélicouseur et Mesdemoiselles. Il se balance d'avant en arrière en son sinistre mouvement de pendule. Elle tourne autour de lui, inquiète.

MESDEMOISELLES

Qu'est-ce qui t'a pris ? J'avais tout arrangé… Pourquoi l'as-tu attaqué... Le capitaine te protégeait. Tout allait bien… et maintenant… écoute… c'est grave… tu t'es trahi… mon petit… mon petit… je t'ai déjà posé la question… tu ne m'as pas répondu… à moi tu peux tout dire… confie-toi à moi… est-ce que c'est toi qui as tué… il faut que je le sache… quoi que tu répondes, ce sera bien… mais… je n'en peux plus… tout serait si simple si tu parlais… Écoute, je le dis moi-même : *(Elle se force à sourire.)* « Maman, c'est moi qui ai tué Hamalissa. » *(Très douce.)* C'est bien ça ? Dis-le ! Ne mens pas. Je t'en supplie, ne mens pas. « Maman, c'est moi qui ai tué Hamalissa. » Tu entends ? Je l'ai dit et j'en suis déjà soulagée. Je vais t'aider. Je vais te raconter ce qui est arrivé ce soir-là, il y a neuf ans. Hamalissa a donné le lys rouge à St. Job. Elle avait oublié qu'elle t'avait déjà donné rendez-vous, à toi, pour la même nuit. Elle t'a lâché pour ce petit blanc-bec. Ils sont allés dans le verger du Pausilippe où elle menait ses amants des nuits chaudes. Tu les as suivis. Tu les as vus s'aimer. Quand St. Job est parti, tu as voulu te venger, tu as tué Hamalissa. Autre version : tu les as suivis. Hamalissa t'a vu, s'est ravisée, a renvoyé St. Job et s'est donnée à toi. St. Job s'est caché et a tout vu, tu es parti avant l'aube, Hamalissa s'est endormie. St. Job jaloux l'a tuée. Mais je crois plutôt que c'est toi qui l'as fait. Et maintenant, quoi que tu dises, tu seras sauvé parce que si tu me parles, si tu m'avoues la vérité, j'aurai la force de te sauver. Tu es en danger. Mais si tu parles je te sauverai. Je trouverai le moyen de t'en tirer. Je prendrai le crime sur moi. Je dirai que j'étais jalouse d'Hamalissa. Et c'est vrai. J'ai été horriblement jalouse ! Jalouse à vomir mon âme ! Parce qu'elle a couché avec toi. Un enfant ! Parle. Sinon je n'aurai pas la force. Mais si tu parles je te sauverai. Je me sens comme une chienne abandonnée dans un hangar fermé à clef. *(Soudain avec une force terrible :)* Parle !

Elle le gifle avec une violence inouïe. Le Vélicouseur est alors comme arraché à lui-même. Il cesse de se balancer, et puis, d'une voix étrange, plane, sur une seule note, sans aucun ornement ni sentiment, comme certains répons monocordes des prêtres, d'une voix très pure articulant monstrueusement chaque syllabe.

VÉLICOUSEUR

Ma-man-ce-n'est-pas-moi-qui-ai-tu-é-Ha-ma-li-ssa.

Il traîne longuement sur la dernière syllabe comme si sa voix était un oiseau qui s'éloigne en glissant entre le ciel et la mer.

MESDEMOISELLES

Je n'en peux plus ! C'est trop ! Je n'en peux plus ! Tu mens ! *(Elle crie.)* Tu mens !

VÉLICOUSEUR, *exactement sur le même ton.*

Ma-man-c'est-moi-qui-ai-tu-é-Ha-ma-li-ssa.

De nouveau sa voix glisse sur la dernière syllabe jusqu'à l'horizon.

Silence, si possible long.

Mesdemoiselles est pâle, droite, figée. Rien ne bouge sauf le Vélicouseur qui, immobile pendant son « chant », est repris – même debout – par son mouvement de pendule.

VÉLICOUSEUR, *même jeu, même chant.*

Ma-man-ce-n'est-pas-moi-qui-ai-tu-é-Ha-ma-li-ssa-Maman-c'est-moi-qui-ai-tu-é-Ha-ma-li-ssa. *(Éventuellement à reprendre deux ou trois fois.)*

Mesdemoiselles, la figure dans les deux mains, les coudes au corps, les genoux raidis, les épaules levées, les lèvres serrées. Elle pousse des sortes de sanglots secs, hoquetés, crachés, et puis à nouveau avalés. Le Vélicouseur se lève et regarde sa mère qui souffre. Et puis d'une voix admirable, la tête haute, comme délivré. C'est une sorte de chanter-parler étrange, divin, c'est une musique, une joie et une cruauté qui descendent du ciel.

VÉLICOUSEUR

Oiseau d'eau, oiseau d'or
Ne va pas près du bord
Oiseau de nuit, oiseau mort
Maman !
Le vent est doux quand tu as mal.

Après un moment de silence et de stupeur, Mesdemoiselles, très atteinte, sort.

DOUXIÈME ÉPISODE

Rien n'est plus apaisant qu'un grand voilier
par une nuit d'été.

Lumière sur le Capitaine, St. Job et L. L.

ST. JOB, *au Capitaine.*

Et voici mes conclusions. Je les dirai et les redirai jusqu'à ce que vous m'ayez entendu : il faut le mettre aux fers et le livrer aux autorités judiciaires de Naples.

Mesdemoiselles est sortie de la resserre à voiles. Elle s'approche. Elle a le courage de sourire.

L. L.

Perfetto.

MESDEMOISELLES

Voici la clef.

LE CAPITAINE

Et ?

MESDEMOISELLES

Contrairement à ce que je pensais, il était souriant. Très calme. Nous avons eu une longue conversation. Il parlait ! Il parlait ! Il y avait dans ses mots une telle tendresse !…

Geste vague qui évoque peut-être le ciel, ou les vagues, ou le fond de la nuit.

LE CAPITAINE

Laissez-moi seul avec Mesdemoiselles.

L. L.

Oui. Tout se complique. Énorme nœud gordien que même l'épée d'Alexandre ne pourrait tronçonner.

Ils s'accoudent au bastingage. Loin d'eux, Léodyck seul, regarde la mer.

Le Capitaine et Mesdemoiselles, seuls sur la dunette.

Peut-être la musique de la mer, à peine perceptible.

MESDEMOISELLES, *elle achève sa phrase.*

… Voilà! C'est tout. Je suis triste, mais aussi très heureuse.

LE CAPITAINE

Mesdemoiselles, ce que vous venez de dire à propos de tendresse… est-ce vrai?

Silence.

MESDEMOISELLES, *à voix presque basse.*

Non. Il m'a dit… *(Elle domine une sorte de sanglot ou de besoin de vomir, secoue la tête.)*… Non… *(En une sorte de gémissement:)*… C'est trop… cette fois… c'est trop.

LE CAPITAINE

Ah! Je m'en doutais.

Il pose la main sur l'avant-bras de Mesdemoiselles.

MESDEMOISELLES, *elle s'écarte vivement comme si la main du Capitaine la brûlait, et puis ne bouge plus, et en un cri désespéré.*

Laissez-moi!

LE CAPITAINE

Voilà de nombreuses nuits que nous quittons tous nos cabines. Ombres qui cherchent l'ombre de la nuit. *(Un temps.)* Rien n'est plus apaisant qu'un grand voilier par une nuit d'été, qui gémit doucement, des mâts à la quille. Vaste corps vivant. De temps en temps le chant de votre fils vient démentir tout ce qui nous fait mal. Je l'écoute comme autrefois on écoutait chanter un ange. En ces temps très anciens où les anges vivaient encore et descendaient parfois sur terre. Et qu'importe alors si cet ange est aussi un criminel. *(Un temps.)* Le jour va se lever. Vite… Vite… tant qu'il fait nuit. Le jour abolit les confidences. Soyez très prudente. Faites attention à ce que vous direz… très très prudente. Tout indique qu'il est coupable. Mais… *(Silence. On entend la cloche de la vigie.)* La vigie… c'est l'heure. Le matin ! *(Un temps. Il appelle.)* Léodyck ! St. Job ! Lord La Roque de Luna ! *(À Mesdemoiselles :)* Restez. *(Perdu :)* Je ne sais pas… je ne sais pas… que faut-il faire… Mesdemoiselles, cessons de… *(Un temps.)* Je suis votre ami.

Un temps.

Chant très court du Vélicouseur. Ils écoutent tous les deux immobiles. L. L., Léodyck et St. Job qui étaient sur la dunette non loin du Capitaine, écoutent.

LE CAPITAINE

Ah ! vous voilà… *(La voix du capitaine, d'abord hésitante ira s'affermissant.)* Je sais… je sais à présent… J'ai… oui… j'ai… j'ai la réponse. Un jour – vous vous souvenez ? Je vous l'ai dit – un jour j'ai rencontré mon âme… enfin… une sorte d'autre moi-même. Vous vous souvenez que je vous ai raconté ça ? Elle était silencieuse. Elle voulait pourtant me dire quelque chose. Ma main qui attendait sa main est restée vide. *(Fort.)* À présent, je sais ! Je sais ! *(Il se tourne vers L. L.)* Ce n'est pas le coupable qu'il faut chercher. C'est l'innocent !

Personne n'entendra, personne ne comprendra que ces derniers mots sont l'espoir même de la pièce. Ils passeront peut-être inaperçus mais ils n'en rayonnent pas moins d'une lumière secrète.

ST. JOB

L'innocent ? *(Presque triomphant.)* Il n'y en a pas.

LÉODYCK

Il n'y en a pas, hélas.

L.L., *jubilant.*

Il n'y en a pas ! Exquis !

LE CAPITAINE

Venez dans ma cabine à midi. Je vous dirai ma décision.

Il entre dans sa cabine. Tous restent immobiles. Musique de la mer, brusquement interrompue par le Capitaine qui rouvre sa porte avec violence. Il fait deux pas, et d'une voix forte :

LE CAPITAINE

Venez ! Quelque chose de grave est arrivé. Venez ! Venez tout de suite !

Les cloisons s'ouvrent. Cabine du Capitaine. Ils s'approchent tous lentement. Image de carnage. Hamalissa est tombée du divan, elle a été traînée sur le sol, dans un grand désordre de draps déchirés, d'objets renversés, sa robe rouge en lambeaux épars – lambeaux qui font comme des taches de sang – elle a été violée, éventrée.

Il faut toutefois éviter une image réaliste du crime. Ne pas tomber dans le fait-divers sanglant. Mais la scène doit être une métaphore de l'horreur. Tous, stupéfaits, regardent. La poupée parle, parle, sans arrêt, d'une voix à peine perceptible, répétant toujours la même phrase :

HAMALISSA

Le lys est un chagrin. J'aime y mettre les lèvres. Qui est là ? Le vent ? Viens dans mes bras.

Le Capitaine marche de long en large.

LE CAPITAINE

Voyez ! *(Silence.)* Voyez ! Je me suis honteusement – *honteusement* ! – trompé en accusant le Vélicouseur. Il est innocent ! St. Job ! L. L. ! Ah ? Il n'y avait pas d'innocent ? Allez le libérer, l'innocent. Toi, L. L., le plus suspect, vas-y, va le libérer, dis-lui de venir ici. Je lui ferai réparation. La clef. *(Il lui tend la clef, L. L. sort. Visiblement, il jubile.)* Innocent ! Mis aux arrêts, il a été enfermé toute la nuit. Il est donc tout à fait impossible qu'il soit entré ici. Mesdemoiselles seule l'a vu. Elle m'a rendu la clef. Or le crime – car *c'est* un crime – s'est passé entre minuit, quand nous avons quitté ma cabine, et maintenant. Le coupable, c'est l'un de vous trois, ou L. L. Vous faites *semblant* d'avoir la conscience en paix. Mais votre conscience se retourne de temps en temps pour voir qui la suit. On entend un pas suspect derrière chacun de vous. *(Silence.)* Je connais enfin un homme dont le cœur est innocent. *(Il sourit.)* Un… un seul… et un seul suffit ! *(L. L. revient suivi du Vélicouseur qui a l'air terrorisé.*

Quand le capitaine le voit il se précipite vers lui et le prend dans ses bras.) Pardon ! J'ai été aveugle. *(Le Vélicouseur ne bouge pas, il regarde Hamalissa dévastée. Le Capitaine se tournant vers St. Job, Mesdemoiselles, Léodyck et L. L., soudain très dur :)* Vous ! je vous chasse ! je vous embarquerai moi-même à bord de la vedette. *(De nouveau très agité.)* Non ! Je ne vous supporte plus.

Silence.

MESDEMOISELLES, *très simplement.*

Je veux lui dire adieu…

LE CAPITAINE, *calmé.*

Eh bien. Parlez.

MESDEMOISELLES

Non. Seule avec lui.

LE CAPITAINE

Foutez le camp !

MESDEMOISELLES, *d'une voix sans réplique.*

Capitaine Brackx, laissez-moi avec lui.

LE CAPITAINE, *se dominant.*

… Faites vite alors… et vous ! Allez faire vos bagages. Suivez-moi !

L. L., *ironique.*

Un instant encore je vous en supplie Monsieur le Capitaine, permettez-moi d'assister à l'exquise catastrophe finale si proche, si proche…

Le Vélicouseur figé attend. Il est hypnotisé à la vue d'Hamalissa qui parle, parle, parle. Le Capitaine sort sans répondre. L.L., Léodyck et St. Job le suivent.

VÉLICOUSEUR, *soudain il va vers la poupée, lui donne des coups de pied. Chanté-parlé.*

Charogne ! Charogne ! Tais-toi !

MESDEMOISELLES, *timide, incertaine, « avançant » à tâtons comme une enfant courageuse confrontée à un événement dont la blessure ne guérira pas. La voix est simple, parfois un peu balbutiante.*

Eh bien ! Voilà… *(Le Vélicouseur ne bouge pas et ne bougera pas.)* Voilà… je suis très, très, très heureuse ! *(Sa voix a tremblé.)* Je voulais te dire… *(Silence.)* Voilà… c'est moi qui… *(Geste vers Hamalissa.)* Oui… j'ai fait ça. Pour te sauver. Ne crains plus rien… tu es innocent à présent. *(Après une courte hésitation.)* Tiens… tu te souviens ? *(Elle lui montre un couteau à manche rouge qu'elle sort de son sac.)* Je l'ai retrouvé à Naples dans les vêtements déchirés à côté du corps d'Hamalissa… mon petit comme tu es imprudent… je t'ai suivi cette nuit-là dans le verger du Pausilippe, derrière le mur d'où j'épiais Hamalissa. J'ai tout vu… tu as fui, c'est moi qui ai trouvé Hamalissa morte… Alors j'ai fui aussi. Mais je suis revenue. Plusieurs heures plus tard. Le corps était déjà enterré. Et j'ai trouvé ton couteau à manche rouge… un oubli de la police judiciaire ! On n'a jamais su… je l'ai ramassé… je t'ai sauvé… la lame était pleine de sang.

VÉLICOUSEUR

Donne !

Son « donne » a éclaté, sec, comme l'éclair.

MESDEMOISELLES, *elle lui tend le couteau. Il ne bouge pas. Elle s'approche alors timidement de lui. Il prend le couteau.*

Tu vois, si quelqu'un d'autre que moi l'avait trouvé, mon chéri, tu étais perdu… *(Il ne réagit pas.)* Je suis seule à savoir. Tu es innocent maintenant, indestructiblement innocent. Et – au fond – tu l'es, innocent, tout à fait, tout à fait. Et puis, il y a encore ceci… *(Elle sort un second couteau de son sac.)* C'est l'autre couteau, celui que je t'ai arraché quand tu as voulu tuer le Capitaine… ça fait beaucoup de couteaux… *(Elle a une sorte de petit rire affreusement triste. Le Vélicouseur lui prend le couteau avec violence.)*… Je *sais* que tu m'aimes… je sais aussi qu'un jour, si je restais près de toi, tu me tuerais. Tu me tuerais parce que je t'ai sauvé. Mais maintenant souviens-toi de ceci : plus personne à présent ne te suivra à la trace comme je l'ai fait, pour ramasser les couteaux que tu sèmes derrière toi… Ne prends pas cet air-là… tu es innocent maintenant. Mon chéri je m'en vais… mais dis-moi d'abord un mot, un seul mot gentil avant…

VÉLICOUSEUR, *l'interrompant avec colère.*

Maman ! Maman !

Silence. Ils sont face à face. Court suspens. Le Capitaine entre et reste debout, silencieux, près de la porte.

VÉLICOUSEUR, *sur un ton uni.*

Ma-man ! – Ne-me-jet-te-pas-ta-gé-né-ro-si-té-à-la-figure. J'a-bo-mi-ne-ta-gé-né-ro-si-té-ta-gé-né-ro-ta-gé-né-tagé…

Court silence.

MESDEMOISELLES, *avec une grande douceur.*

Oui, mon chéri.

Elle sort rapidement et passe à côté du Capitaine sans le regarder. Silence et puis on entend les ordres : sifflets aigus et bruit de l'embarquement. Le Capitaine entre.

LE CAPITAINE

Voilà… c'est fait… Ils sont partis. Le vent a tourné… nous avons un peu – oh ! très peu – un peu de houle… *(Le bateau tangue en effet depuis quelques instants. La houle. Ils se balancent, mais à peine.)* Dès la première fois que tu as chanté, j'ai reconnu l'innocence.

VÉLICOUSEUR

Foutaise !

Craché comme une injure.

LE CAPITAINE

À vrai dire, j'ai encore ici, en moi, où ?, mais en moi, quelque chose qui me ronge. Chaque fois que je t'entends. Une détresse… et en même temps le ravissement me saisissent… mais détresse surtout… détresse ! Ça passera… *(Il ferme les yeux quelques instants. Silence.)* Mais aussi quelque chose de si lumineux ! … Chaque fois que ta voix va au plus pur. *(Brusquement ému.)* Comme je suis encore malheureux !

Apaisé.

VÉLICOUSEUR

Foutaise !

LE CAPITAINE

C'est ton chant… Il me fait mesurer la distance qui me sépare encore de… Écoute ! Retournons à Anvers. J'ai là ma vieille maison, la paix parmi les livres et le silence des vieux meubles… et… pour nous aider… des souvenirs très, doux… nous parlerons de « La Vita Breve ». Nous virons de bord… Je vais donner les ordres…

VÉLICOUSEUR

J'a-bo-mi-ne-ta-gé-né-ro-si-té-ta-gé-né-ro-si-té-j'a-bo-mi-ne-ta…

LE CAPITAINE

… Si tu veux nous partagerons la poupée.

VÉLICOUSEUR

Je-ne-veux-pas-la-par-ta-ger ! J'a-bo-mi-ne-ta-gé-né-ro-si-té.

LE CAPITAINE

Je t'achèterai une fille. Une fille vivante…

VÉLICOUSEUR

Je-ne-veux-pas-de-fille.

LE CAPITAINE

Je ferai faire une copie d'Hamalissa.

VÉLICOUSEUR

Je-ne-veux-pas-par-ta-ger !

LE CAPITAINE

Je comprends. Oui… je comprends. Tu l'auras pour toi seul. Et maintenant… Cap sur Anvers… Là-bas, nous retrouverons… en nous… lentement… la paix. *(Changement de ton.)* Je vais donner les ordres.

Il lui sourit. Il y a un court silence. Il sort. Le Vélicouseur, très rapide, se précipite à sa suite. Tient-il déjà son couteau à la main ? Ou peut-être a-t-il un geste vers le couteau, dont il effleure le manche. Quelques instants après, il revient. On devine qu'il a poignardé le Capitaine : la gaine de son couteau est vide, et il ne tient plus de couteau à la main.

TREIZIÈME ÉPISODE

Mon lys amer. Ma douce abîme.

Le Vélicouseur va vers Hamalissa. Il s'arrête au centre de la scène. Pendant qu'il chante, Hamalissa qui est dans la pénombre s'éclaire lentement. Elle émerge de ses draps déchirés. Ou bien elle apparaît éblouissante, toute de lumière, comme sortant du mur. On comprend que l'apparition n'existe que dans la folie du Vélicouseur. Peut-être peut-on donner cette illusion par une concentration intense de lumière rouge et blanche. Apparition éblouissante. Elle est habillée de sa robe d'or. Elle est pâle, pâle, pâle. Seules ses lèvres sont rouges. Somptueusement coiffée, les cheveux piqués de diamants blancs, bleus, rouges, verts, etc.

Le Vélicouseur est ébloui et c'est sa vision que nous voyons. Balancement lent de la houle : lampes, tintements de verres qui s'entrechoquent légèrement, rideaux qui battent. Lent balancement du Vélicouseur. Tout cela très discret. Seule Hamalissa ne bouge pas « car les apparitions ne sont pas sensibles à la houle ». Le Vélicouseur tombe-t-il à genoux comme devant une apparition ? Il faut en tout cas qu'il se comporte comme devant une déesse.

VÉLICOUSEUR, *il chante. Pianissimo. Pureté.*

Et vous serez ma belle actrice
Mon bourreau d'or, et mon supplice.

HAMALISSA, *elle parle.*

Océan ! Océan !
La houle
La houle
Le ciel a peur du temps.

VÉLICOUSEUR, *il chante.*

Mon lys amer, ma douce abîme,
Mon éventrée, ma mort, mon crime.

HAMALISSA, *elle parle.*

Que de cris sur la mer.
Le vent
Le vent
Le vent mêlé au temps.

VÉLICOUSEUR ET HAMALISSA, *ensemble.*

VÉLICOUSEUR, *il chante.*

Et vous serez ma belle actrice
Mon bourreau d'or, et mon supplice.

HAMALISSA, *dit et non chanté.*

Et je serai ta belle actrice
Ta violée, ton immolée.

Il veut prendre son couteau dans sa gaine mais sa gaine est vide. Alors, ou bien il prend le couteau du crime que sa mère lui a donné, et c'est un couteau dont la lame est peinte en rouge, ou bien un couteau imaginaire pris dans sa gaine vide. Va-t-il éventrer Hamalissa ou frapper la lumière dans le vide? Quoi qu'il en soit, il faut des gestes ralentis, quasi rituels. Hamalissa s'écroule lentement. Silence. Le Vélicouseur fait quelques pas puis, debout, visage tourné vers la cloison, il se balance de son affreux mouvement mécanique et rapide, tandis que lampes et draperies balancent au rythme très lent de la houle. Point de musique. Noir.

RIDEAU

POSTFACE

de Caroline De Mulder

COMMENT NAVIGUER DANS LA MÉMOIRE : LES PIÈCES ANVERSOISES DE PAUL WILLEMS

Entre deux eaux, les titres

Deux pièces de Paul Willems célèbrent « la plus belle ville du monde[1] », Anvers ; le port d'attache de *La Ville à voile* sera aussi celui du vaisseau Findor dans *La Vita Breve*. Aussi l'auteur lie-t-il les deux œuvres dans une conférence de 1990, justifiant leur publication conjointe malgré les années qui séparent leurs élaborations. Créée au Théâtre National de Belgique en 1968, *La Ville à voile* avait paru chez Gallimard en 1967, dans la collection Harlequin (les Archives et Musée de la Littérature conservent notamment un exemplaire de travail annoté par l'éditeur lui-même). La collection Espace Nord la réédite en 1989, avec *La Vita Breve*, jouée la même année au Nouveau Théâtre de Belgique.

Lorsqu'on parcourt les différentes moutures de ces pièces anversoises, le temps de l'écriture retrouve une épaisseur littérale et émouvante qui semble s'être désor-

1. Manuscrit de la conférence-lecture de Paul Willems au Centre Pompidou du 7 mai 1984, avant la représentation au Théâtre Lucernaire (Archives et Musée de la Littérature, cote MLT 1096/3000).

mais perdue. Particulièrement nombreuses dans le cas de *La Vita Breve*[1], les versions préparatoires se déclinent sous des titres successifs, qui mettent en avant deux des sept personnages masculins : d'abord *Le Capitaine Hock* (1ère version de 43 feuillets, datée de janvier-février 1986) et ensuite *Le Vélicouseur* (au mois de mai). Titre finalement retenu, la Vita Breve est le nom d'un lieu, celui de la maison close où Hamalissa œuvrait avant d'être assassinée et par laquelle ses différents amants sont tous passés. Désormais ils se trouvent réunis à bord du Findor, autour d'une « poupée de marin » à l'image de la morte. L'évolution du titre témoigne de celle de la structure, dans la mesure où Paul Willems décide, réflexion faite, de ne privilégier aucun personnage au détriment des autres. Cette décision contribue aux difficultés qu'il connaît pour rédiger la pièce et à la multiplication des tentatives[2] : « j'en

1. Je renvoie pour la comparaison de ces différentes versions à l'article d'Alberte Spinette, « Une pièce dans tous ses états. *La Vita Breve* de Paul Willems », dans *Textyles*, n°5, « Lectures de Paul Willems », 1988, pp. 155-162.

2. « Tout serait simple si l'on avait qu'un personnage central, et que tous les autres ne soient [sic] que des utilités comme on dit en jargon de théâtre, c'est-à-dire des personnages qui ne sont là que pour donner la réplique au personnage central. Mais ici dans *La Vita Breve* chaque personnage vit son destin propre, et, pour l'auteur il est très compliqué d'organiser le déroulement simultané de 7 personnages et qu'on ai[t] l'impression que nous participons – nous spectateurs – dans leur marche inéluctable vers le désastre. [...] Si on voulait faire une *autopsie* de la pièce, il faudrait je crois en étudier tous les mécanismes, en au moins autant de séminaires qu'il y a de personnages. Une pièce de ce genre est le contraire du jeu d'échec, qui va vers un seul but qui est en soi très simple, tandis qu'ici, ce qui est simple au début se complique de plus en plus. » (Manuscrit de la conférence à Louvain-la-Neuve du 3 mai 1990 sur *La Vita Breve*, AML MLT 01002/0014.)

ai fait de nombreuses esquisses, chaque fois abandonnées et reprises. Reprises parce que je savais que le noyau central de la pièce, “le meurtre de la poupée” était un sujet, ou plutôt une situation d'une force exceptionnelle. Je crois bien l'avoir écrite 8 ou 9 fois[1] ».

Dans le cas de *La Ville à voile*, où le héros Josty revient conquérir la ville de son enfance dans l'espoir de retrouver sa jeunesse, le titre a connu moins de variantes. Paul Willems avait d'abord écrit « voiles » au pluriel, avant de se raviser : le pluriel « rapetissait le titre. On pouvait confondre, ne fût-ce que par association, les voiles de la ville avec les voiles de Salomé. Voiler se conjugue comme dévoiler. On en vient tout de suite au strip-tease. Tandis que voile au singulier anoblit non seulement le titre mais toute la pièce[2] ».

Le dramaturge a raconté à plusieurs occasions comment, lors d'une promenade dans sa ville favorite, lui en est venue l'idée : « C'était l'époque des giboulées. Il y avait d'immenses nuages blancs, d'un blanc aveuglant frappé par le soleil oblique de l'hiver. Ils passaient lentement au-dessus des toits, toute la ville semblait dériver et les nuages étaient comme des voiles[3]. »

Le port d'Anvers navigue sur la mer

Dans *La Ville à voile*, Anvers est, d'évidence, à la fois le cadre et le sujet. Dans *La Vita Breve*, elle devient

1. *Ibid.*

2. Paul Willems, « De l'écriture à la parole », dans *Un arrière-pays : rêveries sur la création poétique,* Presses universitaires de Louvain UCL, 1989, pp. 109-110. L'auteur développe ensuite longuement toutes les subtilités de la construction syntaxique et phonétique de ce titre, qui en font la poésie.

3. « C'est en se promenant dans Anvers que Paul Willems a eu l'idée d'écrire *La Ville à voile* », dans *La Libre Belgique*, 29 mars 1968.

« l'arrière-plan ». Le dramaturge la présente en outre comme sa « première source », un endroit privilégié en sa qualité de « lieu à rêver » et propre à faciliter les « plongées dans le temps » :

> [...] l'ancienne ville est encore visible comme en transparence sous l'énorme métropole qu'elle est devenue, avec ses quelques 150 kilomètres de quais, ses industries, ses immenses écluses, ses docks et son équipement ultramoderne. J'ai vu encore le vieux port. C'était dans les années trente. Il y avait en 1930 de nombreux vestiges encore de l'époque d'Elskamp. J'ai connu les derniers « voileurs » (marchands et artisans qui taillaient le voiles et qui tordaient les cordages) innombrables cafés, bastringues, dancings, [...] restaurants chinois, thaïlandais, grecs, norvégiens, sud-américains, petits hôtels louches, boutiques de tatoueurs (*disparus* à cause du sida), prostituées en vitrine, mais tout cela changé. [...] De cette époque ma mémoire – et surtout ma mémoire inconsciente a gardé des milliers de souvenirs qui ont bâti en moi une sorte de *ville mythique*. Et c'est cette ville-là qui forme une sorte d'arrière-plan à ma pièce *La Vita Breve*[1].

Ce passé se révèle, indique Paul Willems, à travers les « objets à rêver » ; dans la didascalie liminaire de *La Ville à voile*, le Magasin de M. Roi en propose une large variété :

> [...] chaussettes norvégiennes, bottes, jumelles de marin, bouquets de vieilles cannes, statuettes, cravates de New Portland et kimonos trop bleus ou trop roses comme les marins en apportent à leurs sœurs. Aux murs, quarante tableaux identiques représentant des moulins au coucher du soleil. D'autres objets encore, qui ont passé de main en main, de bateau en bateau, et ont pris la forme même du

1. Manuscrit de la conférence à Louvain-la-Neuve du 3 mai 1990, *op. cit.*

temps. Bizzfournes, réclinatifs, « généreux » écaillés, ou encore luffelines dorées de Turquie… ces épaves, apportés par des marins étrangers, ont perdu tout sens et destination. (p. 10)

Ces objets que le dramaturge considère comme autant de portes d'entrée dans son Anvers « mythique », sont de provenances diverses et pour certains rien moins que flamandes. En réalité, il s'agit aussi de portes de sortie. Paul Willems considère sa ville, « ouverte à toutes les marées, tous les vents et toutes les cultures », comme « le contraire d'une frontière[1] ». Par son port, elle offre un condensé du monde entier et un horizon composite. Car les « objets à rêver » apparaissent comme des objets de transmission qui ont voyagé, des choses que les marins se passent, s'échangent, se revendent. Plus encore, leur exotisme se teinte d'étrangeté à la faveur des néologismes qui souvent les désignent. Bien que tirés de la réalité, ils permettent d'accéder, non seulement à la ville et à des pays lointains, mais aussi à un univers décalé. Le capharnaüm d'objets étranges se retrouve d'ailleurs de manière récurrente dans les œuvres appartenant au genre fantastique (la boutique de l'antiquaire dans *La Peau de Chagrin* de Balzac, les collections de Dorian dans *Le Portrait de Dorian Gray* d'Oscar Wilde…). Même si les pièces de Paul Willems ne peuvent être qualifiées de « fantastiques » au sens étroit du terme, elles empruntent au genre certains thèmes (la poupée amoureuse, la figure du double) et procédés (la déréalisation).

1. Manuscrit de la conférence au Centre Pompidou du 7 mai 1984, *op. cit.*

La mémoire

Autre lien fort entre les deux pièces, la question de la mémoire. Elle se trouve au cœur même de *La Ville à voile* : Josty, cinquante-huit ans et fortune faite, mais gravement malade, réalise un rêve de gamin pauvre en achetant le « Magasin Roi » de son enfance, reconstitué à l'identique : « surtout, je ne veux rien de plus que ce dont je souviens ! » (p. 24). Il espère ainsi ressusciter sa jeunesse perdue. Dans *La Vita Breve*, sept marins vivent, selon les termes de Paul Willems, « possédés du souvenir d'Hamalissa » et d'une époque révolue. Mais au-delà de cet aspect thématique, la mémoire chez Paul Willems se trouve impliquée dans le processus d'écriture lui-même. Pas seulement parce qu'elle lui permet de bâtir, au gré de ses propres souvenirs, la « ville mythique » de ses pièces, mais parce que pour écrire, il puise de manière générale dans ce qu'il appelle son « trésor », dont sa mémoire au fil des ans aurait rassemblé au fond de lui les richesses ; « ce trésor est caché dans ma maison intérieure[1] ». Il lui suffit d'en ouvrir les portes et les fenêtres, et d'attendre :

> [...] que les impressions – je ne trouve que ce mot-là, qui me trahit mais se rapproche le plus de ce que je veux suggérer – viennent à moi. Ce ne sont pas n'importe quelles impressions, ce ne sont pas non plus vraiment des souvenirs, puisqu'elles ne sont pas encore nommées – alors que les souvenirs le sont – et qu'elles précèdent la parole ou l'écriture. Elles forment le bric-à-brac du non-dit qui s'est accumulé en moi au cours de ma vie et qui est devenu lentement la matière de mon rêve. C'est à ce rêve-là que j'ai essayé de puiser pour écrire[2].

---

1. Paul Willems, « Écrire », dans *Lire, écrire*, Saint-Clément-de-Rivière, Fata Morgana, 2005, p. 43.

2. *Ibid.*, p. 46.

Paul Willems a développé ces idées à la faveur de sa rencontre déterminante avec un professeur moscovite spécialisé dans la psychologie expérimentale, dont les recherches portent précisément sur la mémoire. Ce « Messager (avec une majuscule ?) » lui révèle un domaine immense et nouveau ; il lui explique de quelle manière l'être humain enregistre inconsciemment tout ce qu'il perçoit au cours de sa vie, et comment cette matière brute subit ensuite diverses « mutations[1] » de façon à former le « trésor intérieur » auquel puise l'artiste. Il le désigne aussi comme une « seconde âme », notion que s'approprie Willems :

> Ma « seconde âme » est l'immense et secret pays de la mémoire, lieu de ce que j'ai appelé la mémoire profonde. « Ce lieu, comme disait le professeur, où les signaux que vous avez enregistrés subissent d'étranges et mystérieuses mutations et émergent porteurs de charges affectives. » C'est la source de la poésie, ce que Paul Emond appelle notre *arrière-pays*[2].

Ce n'est que dix ans plus tard cependant que le dramaturge mesure l'importance de la révélation, au moment d'écrire ce qu'il estime être « la scène la plus importante, la scène-clef » de *La Ville à voile*, à savoir la rencontre d'Anne-Marie et de Dile, que les amants s'amusent à rejouer (pp. 84-85). Pour Paul Willems, cette rencontre transpose en un dialogue le sourire d'une jeune inconnue croisée un jour. Une scène destinée à « éclairer » la pièce.

Un autre souvenir lui inspire « l'argument ». Lors d'une promenade à Anvers avec sa femme Elza, Paul Willems

1. Paul Willems, « Rencontre dans une tempête de neige », dans *Un arrière-Pays*, *op. cit*, pp. 56, 57, 60.

2. *Ibid.*, p. 60

repasse comme souvent devant un « bric-à-brac » familier dont la vitrine présente « un amoncellement d'objets hétéroclites venant de tous les points cardinaux et de toutes les mers du monde », disposés autour d'une pièce maîtresse, « un mannequin de jeune fille aux yeux de verre », légèrement penché « comme pour regarder quelque chose dans la rue » :

> Je me suis retourné pour voir ce qui l'intéressait tant, mais le trottoir d'en face était désert. Or, autrefois, j'avais été intrigué par le mannequin, comme je l'étais aujourd'hui, et je m'étais retourné. Sur le trottoir d'en face était couché un enfant. Très pauvrement vêtu, il dormait blotti contre le mur. Et c'était peut-être l'absence de l'enfant, le vide, que je retrouvais aujourd'hui, qui m'évoquait le passé avec une telle force[1].

L'image le hante pendant plusieurs jours. Le capharnaüm inspirera la boutique de M. et Mme Roi, le petit malheureux sera le passé (bien lourd) de Josty, et l'histoire, celle d'« un enfant des rues [qui] fait le vœu de conquérir son rêve : une femme qui ressemble au mannequin et tous "les merveilleux objets entassés dans la vitrine"[2] ».

Cette question de la mémoire s'accompagne, dans la pièce, d'une préoccupation connexe et constante de Paul Willems au moment où il l'écrit : l'âge, le vieillissement, les possibles qui se ferment, et la jeunesse qu'on ne rattrape jamais[3]. Ces problématiques qu'incarnent le

1. Paul WILLEMS, « De l'écriture à la parole », dans *Un arrière-pays, op. cit.*, pp. 106-107.

2. *Ibid.*, pp. 107-108.

3. En témoignent sa correspondance et ses notes de l'époque. Par exemple, la lettre à Pierre Cambier du 1er juillet 1964, et les « carnets de Paul Willems » (période 1965-1966), parus dans *Paul*

personnage central de Josty, se retrouvent aussi dans d'autres pièces à peine antérieures; selon Christophe Meurée, *Warna ou le poids de la neige* et *Il pleut dans ma maison* (1962), posent «la même lancinante question: comment survivre au temps qui passe[1] ?».

La poupée amoureuse

La poupée amoureuse trace un troisième trait d'union entre les deux pièces. Dans *La Ville à voile*, il s'agit du mannequin Fenêtre, sur lequel se projettent les fantasmes de Josty et du domestique Agréable; dans *La Vita Breve*, de la poupée de marin à l'image d'Hamalissa. Figure de proue de la littérature érotique au XVIIIe siècle et au XIXe des fictions fantastiques, avec notamment *L'Ève future* de Villiers de l'Isle-Adam, la femme artificielle joue chez Paul Willems un rôle bien précis: elle se présente comme une des déclinaisons des figures de l'ombre et du double qui hantent l'œuvre entière du dramaturge et suggèrent que l'essence de l'être humain se situe toujours en dehors de lui-même. On pense à cette phrase d'un autre Belge, que Willems aimait et lisait, Fernand Crommelynck: «Si

---

Willems l'enchanteur, éd. Fabrice van de Kerckhove, Bruxelles et New York, Peter Lang, coll. «Belgian Francophone Library», 2003, pp. 13-15, 49 *e.s.* Ou encore ces quelques feuillets de notes manuscrites où l'auteur indique que dans *La Ville à voile*, il tente de répondre à des «questions essentielles»: «Mourrons-nous ? Quand ? Que sera demain? Qu'est devenue ma vie? Et ce bonheur, ce bonheur poignant que je ressentais parfois étant enfant, est-ce que je puis le retrouver?» («Petit texte racontant comment P. W. a eu l'idée d'écrire *La Ville à voile*», AML MLT 01906/1000/004.)

1. «Avant-propos» des *Œuvres 3* de Paul Willems, éd. Christophe Meurée, Bruxelles, AML Éditions, coll. «Archives du futur», 2018, p. 20.

peu de nous est en nous, qu'il faut bien que le reste soit quelque part[1]. » Dans les pièces anversoises, l'amour (celui de Josty, celui des amants d'Hamalissa) semble passer par un objet de transition et il se trouve lui aussi *ailleurs*, il se loge dans un reflet.

> Le mannequin de *La Ville à voile* est à l'image d'Anne-Marie. Chosifiée, celle-ci fera l'objet de marchandages entre ses parents, son amant Dile et le vieux Josty, soupirant suranné qui veut se servir de ce corps jeune pour appâter le bonheur. Quant à la réplique d'Hamalissa dans *La Vita Breve*, il s'agit d'une poupée érotique au sens propre du terme. Après Anvers qui pour Paul Willems marque l'arrière-plan, l'océan, où il inscrit le lieu, la troisième source d'inspiration de cette pièce est *Le Mannequin* de Riotor et surtout sa préface, par Octave Uzanne. Cette lecture déclenche en lui «pêle-mêle [s]es souvenirs atlantiques, [s]es promenades dans le port d'Anvers», dont il connait par cœur restaurants, vitrines de magasins pour marins et vitrines à prostituées; «À tout ceci s'ajout[e] la description du magasin de madame Van der Mys, où se vend[ent] les mannequins d'amour»:
>
> Ce magasin de mannequins doit avoir disparu vers la fin du XIXe siècle quand la commune d'Anvers fit fermer toutes les maisons closes. Il n'y a plus trace du magasin de «la bonne Mme Van der Mys». Et je n'ai pas fait de recherches aux archives de la ville. Ce que raconte Uzanne est certainement vrai. Le Rydeck a existé. Et les poupées de marin ont existé aussi à Anvers et dans d'autres grands ports. Les escales de marin et leurs rêves sont partie de l'extraordinaire monde illusoire, *du monde rêvé de la mer.* Le magasin de Mme Van der Mys est un de ces objets de rêve dont j'ai parlé[2].

---

1. Fernand Crommelynck, *Carine ou la jeune fille folle de son âme*, Bruxelles, Espace Nord, 2010, p. 68.

2. Paul Willems, « À propos de *La Vita Breve* » (1991), dans *Vers le théâtre*, Bruxelles, AML Éditions/Éditions Labor, 2004, p. 211.

Paul Willems reprend donc l'univers décrit par Uzanne, mais en veillant à lui « enlever son caractère de fait divers et son insupportable ton gouailleur parisien et ses plats sous-entendus » :

> Le texte d'Uzanne est du niveau des *rigolades* qui se racontent entre hommes. Ce texte – quoiqu'on n'y trouve pas de gros mot – est *pornocratique* (pour employer un mot que je ne connaissais pas [Uzanne l'emploie dans ce texte, comme vous l'avez entendu]. Je l'ai cherché dans le Grand Robert et ne l'y ai pas trouvé. Mais Littré le cite. Mot employé par Proudhon et qui sert de titre à l'un de ses ouvrages qui est une sorte de pamphlet[1].

Il fallait donc enlever à la poupée « son rôle priapique et [...] la sublimer, sans toutefois lui ôter son côté charnel », de manière à créer une pièce passionnée et passionnelle. Loin de la « rigolade », Paul Willems entend évoquer un « amour tragique ». Celui-ci lui apparaît dans un premier temps impossible, « parce qu'il n'y a plus d'interdit absolu. À notre époque Œdipe ne se serait pas crevé les yeux ». L'histoire d'Uzanne continue pourtant à le hanter, jusqu'au jour où il prend conscience qu'il reste « *un seul interdit*, un seul obstacle » absolu à l'amour et « c'[est] la mort. » Il imagine donc la poupée de *La Vita Breve* à la parfaite ressemblance d'une femme assassinée, la vivante elle-même n'étant pas à proprement parler une prostituée mais « une sorte de divinité, ou plutôt la grande prêtresse du temple d'Aphrodite[2] ». Et ses anciens adorateurs

1. *Op. cit.*, l'auteur souligne.

2. « Elle était devenue un mythe à Naples. En y rêvant je la regardais comme un mythe. Dans mes notes, quand j'écrivais *La Vita Breve*, j'ai décrit ses obsèques, la chapelle ardente où par milliers des Napolitains avaient apporté des fleurs blanches. Je pourrais vous raconter les soirées, les nuits, les longue flâneries

continuent à graviter autour de sa réplique. Parmi eux, le Vélicouseur, jeune homme abusé par sa mère et tombé dans l'aphasie après la mort de son amante. Quant à la clef du mystère qui entoure le crime, Paul Willems la formule ainsi: «il faut chercher l'innocent et non le coupable[1] ».

Le paysage dramaturgique

Dans une «Ébauche de programme de *La Ville à voile*» datant de mars 1982, figure une interview de Paul Willems conscient d'avoir écrit un théâtre «très différent de ce qui était en vogue à ce moment-là»: «Après la guerre, il y avait chez les intellectuels une période d'engagement. Moi, je n'y croyais plus mais ça a été la grande période brechtienne et, pour la jeunesse, ce théâtre était la forme et la façon dont le message passait.» Il se défend à plusieurs occasions d'écrire une «littérature engagée au sens où on a défini l'engagement jusqu'en 1968, c'est-à-dire comme la mise au service d'une

---

jusqu'à l'aube, de ses amants, ou encore les nuits dans le verger du Pausilippe sous les citronniers en fleurs, quand Hamalissa et son compagnon d'une nuit, étendus sur un tapis précieux, rêvaient là, les yeux ouverts, voyant entre les branches s'éteindre les étoiles, une à une, et le ciel pâlir. Elles recevaient de l'ombre bleue de la nuit une caresse d'adieu. C'est le moment affreux "Le moment qui sépare la nuit du jour" dit Hamalissa... "Nous saurons alors si les caresses sont devenues amères. Le matin viendra, et avec lui, nos yeux cernés, nos yeux gonflés"... "mes joies", dit Hamalissa, "mes joies même les plus petites – meurent en naissant ... et leurs petits cadavres pourrissent dans mes bras... J'ai besoin de beaucoup de tendresse." Hamalissa disait encore "J'ai mal à mon ombre".» (Manuscrit de la conférence à Louvain-la-Neuve du 3 mai 1990, *op. cit.*)

1. Conférence sur *La Vita Breve, op. cit.* p. 16.

doctrine[1] » ou encore « d'une société idéale, combattant d'une haute armée morale[2] ». Ce fait contribue certainement à l'accueil modeste que connaît, malgré sa publication chez Gallimard, *La Ville à voile* en France, où le théâtre politique connaît un grand engouement, tandis que le théâtre dit littéraire décline.

Paul Willems n'en est pourtant pas à ses débuts. C'est bien avant, en 1949, année de la publication chez Plon de son dernier roman *La Chronique du Cygne*, qu'il crée sa première pièce, *Le Bon Vin de Monsieur Nuche*. Même si son ultime roman et celui qui précède, *Blessures*, lui ont valu une reconnaissance en Belgique, il délaisse alors le genre romanesque pour l'écriture dramatique, à laquelle il affirme se mettre « un peu par hasard », alors qu'il vient d'être nommé à la direction du Palais des Beaux-Arts. Il y rencontre en effet Claude Etienne qui lui demande d'écrire une pièce. Ce passage à l'écriture théâtrale constitue « un grand virage dans [s]a carrière », qui coïncide *grosso modo* avec les débuts du théâtre en Belgique – la création du

1. Cette citation est tirée d'une interview dactylographiée qui, selon le courrier d'accompagnement d'Elza Willems, était destinée au dernier numéro de la revue familiale *Le Lièvre* seconde vague, paru en 1971 (AML MLT 05140/0024/001). Seule la « première vague » est conservée aux AML (4 numéros entre janvier 1968 et mai 1969).

2. Dans une causerie sur Arthur Schnitzler le 29 octobre 1963, Paul Willems indique que « Brecht se sert du théâtre comme d'un *instrument* pour dire *autre chose* que ce qu'il y a sur la scène, pour démontrer. Sartre, aussi, démontre. L'essentiel de son œuvre n'est pas sur la scène. L'essentiel est un système complet qu'il a médité et exprimé ailleurs, en un langage de philosophe, et quand il fait du théâtre, ce théâtre n'est qu'une *image* de ce qu'il a dit ailleurs et *autrement* » (« Arthur Schnitzler », dans *Vers le théâtre. Écrits 1950-1992*, éd. Fabrice van de Kerckhove, Bruxelles, AML Éditions, 2004).

Rideau de Bruxelles (1943) et du Théâtre National (1945)[1]. Paul Willems écrit près d'une dizaine d'autres pièces avant *La Ville à voile*, dont il souligne qu'elle revêt une importance particulière dans son œuvre: «ce n'est qu'à partir de *La Ville à voile* que j'ai senti qu'il faut laisser pleine liberté aux mots[2] ». Pour les « capter », il recourt à l'écriture automatique dont il indique qu'elle se trouve aux sources mêmes de ses pièces[3]. Au point que «le langage de chaque personnage [soit] venu tout seul, [...] conforme à sa nature et à sa destination[4] ». La pièce occupe également une place à part dans sa carrière dramaturgique : publiée dans la prestigieuse collection «Le manteau d'Arlequin» dirigée par Jacques Lemarchand, elle obtient le Prix Marzotto en 1966. Dans les décennies qui suivront, il écrira certaines de ses œuvres théâtrales les plus puissantes; ainsi, *Les Miroirs d'Ostende* (1974) ou *Elle disait dormir pour mourir* (1983). *La Vita Breve* sera sa dernière pièce.

Un langage à soi

L'écriture sensorielle et métaphorique de Paul Willems, ses méthodes d'écriture, rendent sa voix singulière dans le

---

1. Interview destinée au *Lièvre*, *op. cit.*

2. Paul Willems, « De l'écriture à la parole. Le Livre. Le théâtre », dans *Un arrière-pays*, *op. cit.*, p. 96.

3. *Ibid.*, p. 96 *e.s.*

4. *Ibid.*, p. 112. Il détaille en particulier l'écriture de la fameuse scène centrale où Anne-Marie et Dile rejouent leur première rencontre : «J'ai écouté alors la voix de ma seconde âme, j'ai parcouru mon arrière-pays, y trouvant "résonances, souvenirs, fantasmes", et j'ai revu la jeune femme de février et son sourire. Et j'ai écrit un court dialogue qui m'est venu – bon signe – en écriture quasi automatique. » (« Rencontre dans une tempête de neige », dans *Un arrière-pays*, *op. cit.*, p. 61.)

paysage dramaturgique, et sans doute aussi solitaire. Il estime lui-même n'appartenir à aucun mouvement littéraire, étant entendu qu'« il n'y a plus de mouvement dominant comme autrefois[1] ». Il n'a cependant pas écrit en vase clos ; amateur de poésie chinoise et de théâtre belge, notamment celui de Crommelynck, il laisse entendre qu'on pourrait le « classer dans la rubrique "Maeterlinck qui aurait rencontré S. Beckett"[2] ». Et en effet, l'influence du « Nouveau théâtre » porté par Beckett se fait clairement sentir à travers le questionnement sur la langue, sur la faille manifeste d'une part entre les mots et les choses, d'autre part entre les êtres, qui se parlent sans s'entendre. Dans *La Ville à voile*, Paysage se distingue par son langage « troué », que Paul Willems met en rapport avec « la musique à trous » qui anime cette même pièce – déjà présente cependant dans son premier roman *Tout est réel ici* : « Cette "musique à trous" correspond en somme au langage de Mme Roi qui n'achève pas ses phrases. C'est un langage en ruine. Correspond aussi au magasin bric-à-brac, bourré d'objets étranges, usés ou cassés, ou morceaux d'objets, ruines d'objets[3]. » Or ce « langage en ruine », et jusqu'aux termes qu'utilise Paul Willems, évoquent la fameuse lettre allemande de Samuel Beckett à Axel Kaun :

1. Interview destinée au *Lièvre, op. cit.*

2. Lettre de Paul Willems du 17 septembre 1990, dans Rosalba Gasparro, *Oltre il giardino. Paul Willems tra narritiva e teatro*, Rome, Bulzoni, 2014, p. 71. Dans cette même lettre, on lit encore : « Ma rencontre avec le *Godot* de Beckett a été un choc. C'est, je crois, la plus grande pièce qui ait été écrite depuis la guerre. Comme vous, je crois que Beckett appartient à la lignée de Maeterlinck. »

3. Document manuscrit, « Notice *La Ville à voile*, lieu – personnages – musique » (AML MLT 1096/1004/001-002).

> […] *la langue sera utilisée au mieux là où elle sera le plus efficacement mal utilisé.* Comme on ne peut pas éliminer la langue d'un coup, il faut au moins ne rien négliger qui puisse contribuer à ruiner sa réputation. Percer dedans trou après trou jusqu'à ce que ce qui se cache derrière [que ce soit quelque chose ou rien] commence à s'écouler au travers – *je ne peux imaginer de but plus élevé pour un écrivain aujourd'hui*[1].

Paul Willems remet lui aussi en cause ce langage qu'il définit comme troué, ruiné, et dont la carte serait, comme le formule Marc Quaghebeur, « constituée de morceaux de miroirs ébréchés[2] ». La poésie qui de l'avis de tous les critiques de Willems caractérise sa langue trouve son origine à la fois dans une grande richesse métaphorique (puisée aux sources du « trésor intérieur »), mais aussi dans le caractère décalé des répliques. Chaque personnage parle comme captif de son propre rêve, et la manière dont ses mots se heurtent à ceux des autres crée des étincelles et, par endroits, de la lumière. Ce qui, cependant, ne permet pas d'oublier leur fondamentale solitude et leurs âmes fêlées, des âmes elles aussi « à trous ».

En tant qu'auteur dramatique flamand d'expression française, Paul Willems se trouve « confronté à un problème qui semble insoluble : celui de la langue ». Auquel s'additionne un autre : dépourvu de langage de référence, il

> est en même temps privé de lieu et de temps. Comment faire dire à un personnage qui vit à Anvers : « Il pleut », alors que nous savons tous qu'en réalité il dit : « Het

1. Lettre dite « allemande » de Samuel BECKETT à Axel KAUN de juillet 1937, traduite par Bruno CLÉMENT, *L'Œuvre sans qualités*, Paris, Seuil, 1994, p. 238.
2. Marc QUAGHEBEUR, « *La Ville à voile*, un accomplissement », dans *Vers le théâtre*, *op. cit.*, p. 312.

regent». Les solutions sont diverses. Mais elles ont un dénominateur commun: la transposition qui va jusqu'à l'aliénation. L'action de Pelléas se passe dans une forêt imaginaire, mais c'est tout de même la Flandre[1].

Transposer un espace est une chose en soi passablement complexe, et Paul Willems détaille les manières distinctes dont les dramaturges belges s'y prennent. L'essentiel reste cependant «de se créer sa langue de théâtre, qui sera aussi différente de la langue de la vie que le français d'un avocat l'est du français d'un chauffeur de taxi». La tâche est plus compliquée encore pour les auteurs belges – et plus précisément flamands francophones, qui ne bénéficient pas d'une assise univoque ancrée dans un espace déterminé et doivent recourir à une créativité différente et moins référentielle. Ces obstacles et problèmes deviennent cependant, note Paul Willems, leur force: bien que leur double culture suscite de profondes incertitudes d'identité, ils y trouvent aussi «les conditions de la création[2]». De fait, l'œuvre de Paul Willems, comme celle des grands dramaturges belges qu'il évoque tour à tour, s'est construite sur un flou identitaire qui l'a obligé à déplacer plus loin dans l'imaginaire les frontières et les espaces. Elle s'est fondée aussi sur une conscience bilingue qui lui a «ouvert» les mots en dédoublant les sons, les images et les réalités, et lui a permis de développer la singularité de son style.

---

1. Paul Willems, «À la recherche d'un langage» (1967), dans *Vers le théâtre*, *op. cit.*, pp. 102-103.

2. Paul Willems, «L'auteur dramatique flamand de langue française» (1978), dans *Vers le théâtre, op. cit.* p. 147.

ANNEXE

Préface au livre de Léon Riotor, *Le Mannequin* (Paris, Bibliothèque artistique et littéraire, 1900)

par Octave Uzanne

Il y a environ quinze années, me trouvant à Anvers, guidé par un aimable artiste compatriote du baron Leys, je visitai tous les coins curieux de la ville, ceux que les seuls initiés connaissent et qui valent bien les aspects pornocratiques de ce tapageux Rydeck dont je vis naguère l'agonie éclatante avant sa disparition.

Comme nous stoppions le soir sur la Place Verte, mon ami cherchait ce qui pourrait bien encore m'intéresser. – Tout à coup, il sourit, et, m'interrogeant :

– Avez-vous jamais vu des femmes en caoutchouc ?

– Des femmes en caoutchouc ? Mais à quel usage ?

– Pour la Marine, pour les hommes qui restent souvent des mois et des mois sur des voiliers sans connaître les nécessaires soulagements qu'on trouve dans les petites rues de tous les ports du monde.

– Vraiment, ça existe ?... C'est réel !

– Si ça existe, voulez-vous voir ça – il y a une bonne vieille dame, ici, à Anvers, la maman Van der Mys, qui en tient une fabrique des mieux achalandées, comme vous allez, – *si ça vous goûte*, – pouvoir vous en convaincre...

– Ah ! certes, je vous en prie, allons visiter ces élastiques indolentes ! Je ne croirai qu'après avoir vu. Je vous assure.

En quelques minutes, nous étions chez la marchande de Mannequins d'amour. – Une grande salle où nous fûmes introduits était remplie d'ingénieux modèles de courtisanes transatlantiques dont les prix variaient selon les perfectionnements et les rouages intérieurs qu'on nous expliqua par le menu détail.

Presque tous étaient confectionnés de caoutchouc rose et creux ; d'aucuns, revêtus d'un épiderme de satin jouant assez bien la peau ; on sentait le moulage sur nature ; la poitrine, la chute des reins, les renflements des hanches étaient parfaits ; les mollets emprisonnés dans des bas de soie noire maintenus par des jarretières éclatantes, le corps voilé d'une chemise de batiste ornée de festons et de dentelles et savamment échancrée pour laisser voir la fleur de pêcher des boutons érectiles des seins ; les têtes *très bébés jumeaux* avec des yeux d'émail sur lesquels tombait le store des paupières frangées de longs cils, des lèvres voluptueuses, teintées d'incarnat, ointes de pommade au raisin, s'ouvrant sur des balustrades dentaires d'un ivoire éclatant. Quant aux chevelures, de véritables crinières noires ou rousses ainsi que toutes les blondeurs répandues sur les épaules et les oreillers, montrant toutefois des joliesses de nuque et de fines oreilles écouteuses et tombeaux de secrets.

*

La bonne Mme Van der Mys nous expliqua les mystères de son *Sérail d'Èves futures.* Elle nous fit jouer le mécanisme des ventres, les ressorts donnant aux bras les élans de tendresse ; elle nous montra comment sur l'appui des baisers aux lèvres, certains mannequins de cent louis et plus, énonçaient les mots tendres à l'aide d'un phonographe ingénieusement caché dans la tête, et nous entendîmes des: *Mon chéri! mon doux amour! mon trésor!* tendrement modulés d'une voix mourante. Tandis que les paupières battaient sur l'œil retourné et que tombaient les bras inertes, vaincus, à l'abandon.

J'étais stupéfait.

À la sortie de ce *palais de femmes dociles*, je fis à mon précieux guide les indispensables plaisanteries que pouvait me suggérer ce musée de modernes hétaïres qui épargneraient, – si on en divulguait l'existence, – à tant de fervents travailleurs des dérangements pénibles et souvent périlleux, et tout en lui vantant les avantages de ces poupées de Priape, je lui citais entre autres bienfaits l'assurance que les possesseurs de ces automates avaient d'être garantis contre la jalousie.

– Ne croyez pas cela, objecta mon compagnon, on a des preuves du contraire et dernièrement un vaisseau de Flessingue a été le théâtre d'un drame de fureur jalouse, véritable Crime passionnel qui se déroula en plein océan Indien. – Le capitaine avait hospitalisé dans sa cabine un de ces tendres mannequins que vous venez de voir. Il l'avait parfumé d'odeurs spéciales, muni d'un phonographe dont les échos ranimaient ses ardeurs, une conduite d'eau d'une chaudière maintenant à 37 degrés environ la température dans ce corps caoutchouté. Le Marin semblait parfaitement heureux en ménage. – Un jour, notre homme surprit son second en conversation criminelle avec sa docile bien-aimée. Que se passa-t-il dans ce cerveau de navigateur fougueux et brutal! on ne sait, mais il chancela, il vit rouge, il fut frappé d'une subite folie et, ce qui est certain c'est que, décrochant une hache d'une panoplie, sans mot dire, d'un geste d'indignation et de fureur, il abattit son arme. Le second roula à terre le crâne ouvert, inondant de son sang le caoutchouc satiné de sa complice qui distillait encore, entre ses lèvres, ces mots de sa voix de guignol : *Mon doux amour ! mon cher trésor !*

Les Mannequins ne font pas toujours rire ! aurait dit Gavami, en légende de ce dramatique tableau.

1er mai 1900.

REPÈRES CHRONOLOGIQUES

1912 : Naissance à Missembourg, le 4 avril.

1914 : Exode en Hollande, à Walcheren.

1920 : Pas d'école primaire. Apprentissage du français à travers le *Télémaque* de Fénelon, dicté par sa grand-mère.

1921 : Été torride : l'étang est asséché.

1923 : Mort de sa grand-mère. Fin des crises d'asthme.

1924 : Entrée en 6e latine au collège d'Anvers. Départ du jardinier-braconnier.

1927 : Randonnées à patins sur l'Escaut gelé.

1930 : Inscription à l'ULB. Études de droit.

1936 : Docteur en droit. Séjour en Allemagne. Rencontre Wilhelm Hausenstein.

1940 : Guerre des dix-huit jours.

1941 : Publication du premier roman, *Tout est réel ici.* Entre aux services du Ravitaillement, groupement de la pêche.

1942 : Mariage avec Elza De Groodt. Le ménage s'installe à Bruxelles.

1943 : Mort de son frère Jean dans les bombardements de Malines.

1945 : Mort de son père, Frans Willems.

1946 : Retour à Missembourg,

1947 : Paul Willems devient Secrétaire général du Palais des Beaux-Arts.

1949 : Création au Rideau de Bruxelles de sa première pièce, *Le Bon Vin de Monsieur Nuche.*

1952 : Premier voyage en URSS.

1953 : Création allemande de *Peau d'ours.* Nombreuses représentations.

1958 : Création allemande et autrichienne de *Il pleut dans ma maison.*

1963 : Premier voyage en Chine.

1966 : Prix Marzotto pour *La Ville à voile.*

1969 : Création du festival bisannuel Europalia.

1970 : Nommé administrateur-délégué du Palais des Beaux-Arts.

1975 : Mort de Marie Gevers. Élection à l'Académie royale de langue et littérature françaises.

1977 : Rencontre Henri Ronse qui recrée, l'année suivante, *Les Miroirs d'Ostende.*

1980 : Prix quinquennal de Littérature pour l'ensemble de son œuvre.

1984 : Retraite à Missembourg.

1985 : Paul Willems assiste à la lecture-spectacle de *La Ville à voile* à New-York (Ubu Repertory Theatre), qui est repris au Williamstown Theatre Festival.

1988 : Occupe la Chaire de poétique à l'Université Catholique de Louvain, sur le thème *Un Arrière-pays.* Paul Willems assiste également à la création de *Il pleut dans ma maison* à Ornaha, Creighton University.

1991 : Création de *La Vita Breve* au Festival de Spa par Henri Ronse.

1992 : Mort de sa fille Suzanne.

1995 : Parution de *Le Vase de Delft*, recueil de nouvelles, et création de *La Vita Breve*, Columbia, University of Missouri (Paul Willems ne peut assister à ces représentations).

1997 : Mort de Paul Willems.

CHOIX BIBLIOGRAPHIQUE

Œuvres

Tout est réel ici, éd. de la Toison d'or, 1941, rééd. Jacques Antoine, 1980.

L'Herbe qui tremble, éd. de la Toison d'or, 1942.

Blessures, Gallimard, 1945, rééd. Labor, 1984.

La Chronique du cygne, Plon, 1949, rééd. Labor, 2001.

La Cathédrale de brume, Fata Morgana, 1984.

Récits – Théâtre

Le Bon Vin de Monsieur Nuche, 1949, Cahiers du Rideau de Bruxelles, 1983.

Peau d'ours, 1951, éd. des Artistes, 1958.

La Plage aux anguilles, 1959, Théâtre National de Belgique, 1963-1964.

Il pleut dans ma maison, 1958, Cahiers du Rideau de Bruxelles, 1962, rééd. 1976.

Warna ou le poids de la neige, 1962, Brépols, 1963.

Le Marché des petites heures, 1964, Textes pour Didascalies, n° 6, 1983.

La Ville à voile, Gallimard, 1967, rééd. Labor, 1989.

Les Miroirs d'Ostende, Jacques Antoine, 1979.

Nuit avec ombres en couleurs, Textes pour Didascalies, n° 6, 1983.

Elle disait dormir pour mourir, Cahiers du Rideau de Bruxelles, 1983.

Paul WILLEMS, *Théâtre (1954-1962) : Off et la lune, La Plage aux anguilles, Marceline*, Bruxelles, AML Éditions, coll. « Archives du futur », 1995.

Paul WILLEMS, *Vers le théâtre. Écrits 1950-1992*, Bruxelles, AML Éditions/Labor, coll. « Archives du futur », 2004.

Paul WILLEMS, *Œuvres 3 : Il pleut dans ma maison, Warna ou le poids de la neige*, éd. Christophe MEURÉE, Bruxelles, AML Éditions, coll. « Archives du futur », 2018.

Ouvrage de référence

Textyles, n° 5, « Lectures de Paul Willems », 1988.

Paul WILLEMS, *Un arrière-pays : rêveries sur la création poétique*, Presses universitaires de Louvain UCL, 1989.

Le Monde de Paul Willems. Textes, études, documents, Labor, coll. « Archives du futur », 1992.

Paul Willems l'enchanteur, éd. Fabrice van de KERCKHOVE, Bruxelles et New York, Peter Lang, coll. « Belgian Francophone Library », 2003.

Paul WILLEMS, *Lire, écrire*, Fata Morgana, 2005.

TABLE DES MATIÈRES

ACHEVÉ D'IMPRIMER EN OCTOBRE 2022
PAR SMILKOVPRINT (EU)